Tiara Label

ティアラ文庫

身分逆転

再会と復讐と愛

青砥あか

presented by Aka Aoto

プランタン出版

イラスト／花岡美莉

目次

※本作品の内容はすべてフィクションです。

1　復讐者は再会する

アルバート・フランクリンは、過去を懐かしむように二階から玄関ホールへと繋がる階段の手摺《てすり》を撫でる。少年期の終わりまでを使用人として過ごしたこの屋敷には、たくさんの思い出があった。

昔を思い返し、アルバートは皮肉な笑みを口元に浮かべた。思い出の最後は、全て苦い過去へと繋がっていく。

ここは国の北に位置するノースブルック領にある、ノースブルック伯爵邸《はくしゃくてい》だ。かつての栄華《えいが》を表すような玄関ホールは豪奢《ごうしゃ》な作りだったが、大階段の下にある立派な暖炉《だんろ》に火はくべられていない。

春先とはいえ、アルバートが暮らす首都に比べて、ノースブルック領はまだまだ寒い。所々に雪が残っていて、湖や川の水面には氷の膜が薄く張っている。冬と言っても間違いないだろう。

アルバートはフロックコートの上に羽織った外套《がいとう》の前をかき合わせる。

吹き抜けになっている階段の踊り場から、舞踏会でも開けそうな広さのある玄関ホールを見下ろす。白い大理石の床は、常ならば吹き抜けの天窓から差しこむ陽光を反射して艶《つや》やかに光り輝いているはずだったが、今は鈍く曇っている。屋敷の主の最期《さいご》と、その後の混乱を表すように、床には踏み荒らされたような足跡がいくつか残っていた。

「あっけないものだな……」

往年《おうねん》の輝きを知っているアルバートは、物悲しさに眉《まゆ》をひそめた。もし自分が、この屋敷から追い出されるようなことさえなければ、こんな結末は迎えさせなかったのにと歯痒《はがゆ》く思う。

言いようのない悔しさに握りしめた手摺は、長い年月をかけて濃い飴色《あめいろ》に変色したオーク材で、やはり昔の艶は失われていた。

繊細《せんさい》な彫刻《ちょうこく》が刻まれた調度類や、壁面から天井にかけて施《ほどこ》された天使や女神のモチーフをかたどった白い漆喰装飾《しっくいそうしょく》には、薄《うっす》らと埃《ほこり》がかぶっている。二階の大窓から差しこむ昼の日差しに照らされた足元の絨毯《じゅうたん》もずいぶんと色あせ、歩くと降り積もった埃が舞い上がる。

天井から吊り下がるクリスタルのシャンデリアは曇り、遠目からでも黒い煤《すす》が見てとれた。

屋敷の主が亡くなり、使用人を解雇《かいこ》したから手入れができないのだろう。残っているのは、主の娘であり避暑地で療養《りょうよう》中だった令嬢と、その侍女だけだった。

すっかり代わり映えした自分に再会したら、あの二人はどんな反応を示すだろう。アルバートだと気付くだろうか。

特に、令嬢のフィオナ・ノースブルックはどんな顔をするのか。想像するだけで背筋がぞくぞくした。

驚愕《きょうがく》か怒りか、それとも今の己の立場を恥じて逃げ出すか。どのみち屈辱《くつじょく》に歪《ゆが》む表情を堪能《たんのう》できるだろう。

アルバートの瞳の奥が、暗く光る。その時、階下で両開きの玄関が、重くきしむ音がした。

「お嬢様に触れないでくださいっ！」

侍女のアンナ・スチュアートが債権者《さいけんしゃ》に向かってヒステリックに叫ぶ。先に屋敷の中に押しこまれたフィオナは、不安げに背後を振り返った。

古くて重い扉の隙間から、下卑《げび》た笑みを浮かべた紳士が、シルクハットを持ち上げるのが見える。

顎下《あごした》で結んだ黒いボンネットのリボンとプラチナブロンドの髪が、今にも閉まろうとする玄関扉から吹きこんだ冷たい風で舞い上がる。フィオナが着る喪服の黒いスカートの裾《すそ》が翻《ひるがえ》るのを最後に、アンナが完全に扉を閉め大きく肩で息をついた。

その喪服の背中を、フィオナは泣きすぎて赤くなったアイスブルーの瞳で、物憂《ものう》げに見つめる。

二人はフィオナの父、ノースブルック伯爵の葬儀後、久しぶりに屋敷に帰ってきたところだった。

フィオナの父は事業失敗による失意で、生きる気力を失くして自ら命を絶《た》った。一人娘になにも相談せず、最期に顔も合わさずに逝《い》ってしまった。

「申しわけございません、お嬢様。まさか敷地内にまで、あのような者が入りこんでいるとは……」

「謝らないで。あなたが悪いわけじゃないわ、アンナ」

頭を下げたアンナの栗色《くりいろ》の髪には、数本の白髪《しらが》が混じっている。フィオナは申しわけなさに表情を曇らせた。

苦労をかけている……。

三十歳になる彼女は、十九歳のフィオナに生まれた時から仕えてきてくれた。若くして急逝《きゅうせい》した母の代わりに、どんな時も味方になり、療養先にまで付いてきて、すっかり婚期を逃してしまった。

彼女の両親は昔、ノースブルック家で働いていて、父親は執事をしていた。彼は妻の病気を機に引退し、専門医がいる首都に移り住み、今はそこでホテル業を営んでいる。経営は順調で、それなりに豊かな暮らし振りだと聞く。

フィオナの侍女など辞め、両親のもとで働いてはどうかと勧めたこともあるが、彼女は頑《がん》として頷《うなず》かなかった。

「ありがとうございます。お嬢様にそう言って頂けると、救われたような気持ちになります」

顔を上げたアンナは、茶目っ気のある栗色の瞳を細めて微笑《ほほえ》む。取り立てて美人というわけではないが、愛嬌《あいきょう》があり表情豊かで可愛らしい。ここ数年で増えてしまった若白髪さえなければ年齢より若く見える彼女は、今までに結婚の申しこみもあったのに、フィオナの傍《そば》にいるために断り続けた。

それなのに、またこんなことに巻きこんでしまった。

「ごめんなさい。いつも迷惑ばかり……」

「なにを仰るんですか？　やめてください。お嬢様が悪いわけではありませんっ」

俯《うつむ》くフィオナの顔を、アンナは両手で包みこんで持ち上げる。

「そんな顔をなさらないでください。眉間《みけん》に皺《しわ》なんて、綺麗なお顔が台無しですよ」

「やめて、くすぐったいわっ」

眉間を指でぐりぐりとされ、フィオナは思わず笑い声を上げる。するとその声に重なるように、上から低くて艶のある男の声が降ってきた。

「この屋敷も売り払われるというのに、呑気《のんき》なものだな」

「誰……っ！」

驚いて振り向くと、階段の踊り場に男性が一人立っていた。大窓から差しこむ陽光が逆光になっていて、顔が解らない。

フィオナは白くて華奢《きやしや》な手をかざし、目を細めた。男がゆっくりと歩きだし、階段を下りてくる。

「なっ……お前はっ！」

はっきりと顔が見えたところで、後ろに控えていたアンナが声を上げる。そしてフィオナを守るように、前に出てきた。

「どこから入ってきたんですっ！」

「どこ？　玄関から、誰にも咎《とが》められることなく入ってきただけだ。責められるいわれはない」

湾曲《わんきよく》した階段の途中で足を止めた男は、口元を歪めて二人を傲慢《ごうまん》な視線で見下ろす。

男性は長身で肩幅が広く、黒い外套の下にはグレーのフロックコートを綺麗に着こなし

ていた。手には山高帽《やまたかぼう》とステッキを持っていて、身に着けているものはどれも質の良いものだと一目で解った。立ち居振る舞いも洗練されていて、上流階級の教育を受けた者に違いないと思わせる。

けれど醸《かも》し出す雰囲気《ふんいき》が、どこか荒《すさ》んでいる。たとえ貧乏であっても、貴族階級の持つ独特な気品や高潔《こうけつ》さはうかがえない。

成り上がりだろうかと小首を傾《かし》げたところで、男が少し長めの黒い前髪をかき上げた。瞳の色が、光に照らされる。見覚えのある暗い紫色の双眸《そうぼう》に、フィオナははっとした。

整った男性の容貌《ようぼう》の中に、忘れられない青年の面影《おもかげ》が重なる。

「アルっ」

フィオナは驚きに目を見開き、震える声で男の名を呟《つぶや》いた。男の目が、すっと冷たく細められる。

「今は、アルバート・フランクリンだ。昔の私じゃない」

憎々しげな声は、暗にフィオナを責めていた。

でも、かまわない……無事な姿を見られて良かった。

自分が今どんな立場かも忘れ、胸に温かいものがこみ上げてくる。フィオナはコートの胸に手を当て、安堵《あんど》の息を吐く。自然と目元が和《やわ》らぎ、口元に笑みが浮かんだ。

するとなぜか、アルバートの紫色の瞳が動揺《どうよう》したように見えた。見間違いだろうかと男の端整な顔を見上げると、すぐに険しい表情になった。

「なにがおかしい？　私のことを笑える立場か？」

「え……？」

笑ったつもりのないフィオナは戸惑《とまど》う。

なにか怒らせるようなことをしただろうか。いや……過去に、恨まれるようなことならしている。

わけあってのことだったが、なにも知らないアルバートが憎悪《ぞうお》の目をフィオナに向けるのも仕方のないことをかつてした。

居たたまれなさに長い睫毛《まつげ》を伏せる。そんなフィオナの代わりに、アンナが刺々《とげとげ》しい声を張り上げた。

「いまさらなにしに来たんです？　自分のしたことを忘れたんですかっ？」

「私のしたことだとっ？　君たち二人が私を陥《おとしい》れたの間違いだろう」

吐き捨てるような台詞《せりふ》とともに、アルバートは階段を下りてくる。アンナがフィオナの体を背後にかばった。

「君らのせいで、私があれからどんな……」

アルバートが言葉を続けようとした時だった。玄関ホールから東棟へ繋がるドアが大きく開いた。

「え……なに？」

「なんなんですか、あなたたちはっ！」

唐突に玄関ホールになだれこんできた男たちに、アンナが目を剝《む》き青ざめる。男たちは薄汚れた作業着で、明らかに労働者階級の人間だと知れた。彼らは屋敷の調度品でも、特に価値の高いものを腕に抱え、または肩に担《かつ》いでいる。

「ちょっと、なにしてるのっ！　それはっ……ど、泥棒っ！」

アンナが気が動転したように叫ぶ。上ずった声で、フィオナには「怪我をしないよう下がっていてください」と言う。

すると男たちの後ろから、カツンッと大理石の床をステッキで叩く音がした。

「泥棒とは心外な」

彼らの間を割って現れたのは、小太りで前頭が禿《は》げ上がったフィオナのよく知る壮年の紳士だった。

「あなたは……エドモンド子爵《ししゃく》っ」

フィオナの震える声に、ヴァイカウント・エドモンド・アトウッド――エドモンド子爵は皺だらけの唇を舐《な》め、にたりと笑う。

身なりは上流階級そのものでセンスも悪くないのだが、表情や仕草に性格のいやらしさが滲《にじ》み出ている。フィオナは、昔から彼のそういうところが苦手だった。

エドモンド子爵は、フィオナの父であるアール・レイバン・フィン・ノースブルックの事業を手伝っていた、副官的存在の男だ。

父が亡くなってからは、その事業の後始末をしていたはず。それがなぜ、男たちに屋敷の中を漁《あさ》らせるような行為をしているのか。

「彼らになにをさせているのかご説明くださいませんか、エドモンド子爵?」

フィオナは表情を引きしめ、アンナの前に出る。貴族の相手を侍女にさせるわけにはいかない。

特に彼は、階級によって人を差別する。アンナではまともに相手にもしないだろう。

フィオナのことも、小娘だと思って馬鹿《ばか》にしているので、どこまで対等に話ができるのか解らなかったが、ぐっと顎を突き出し精一杯の虚勢《きよせい》を張って彼に対峙《たいじ》した。

「なにを? これはまた面白い質問ですね」

エドモンド子爵は、したり顔で大きな宝石のはまったステッキのグリップを撫《な》でる。

「お父様のノースブルック伯爵が事業に失敗されたことはご存知のはず。そのことで多額の負債を背負ったことも知っているかと思うのですが、避暑地までは伝わりませんでしたかな?」

含みを持った言い方に、かちんとくる。

フィオナが療養していた場所は、確かに避暑地ではあった。だが、どういう立場でそこに追いやられたか知らないはずのないエドモンド子爵に、まるで遊んでいたかのように言われるのは癪《しゃく》だった。

「もちろん知っています。だからこうして急いで戻ってきました」

きゅっと眉根を寄せ、膨らんだスカートの前で組んだ手を握りしめる。

「ですが、負債については今までの事業での所得と領地の一部を売却することで相殺《そうさい》でき、屋敷はこのまま維持できると聞いております。なのになぜ、屋敷のものを許可なく持ち出すのですか?」

そうつめ寄ると、エドモンド子爵は口端《こうたん》を醜《みにく》く歪め、小馬鹿にするように言った。

「まさか、その程度で負債をなくせるとでも? 屋敷を維持する使用人も雇えない有り様で、なにを呑気な」

そういえば、出迎えの使用人がやってこないことにさっきから違和感を持っていた。アルバートも、誰にも咎められず屋敷に入れたと言った。使用人がいれば、そんなことにはならない。債権者が敷地内にまで侵入していたのにも納得がいく。

使用人を雇うことができない状況。その突きつけられた現実に、フィオナは蒼白《そうはく》になった。

「この屋敷も、屋敷の中のものも全て抵当に入っています。私はその分配と処理をしているだけのこと」

価値のあるものはしかるべき鑑定《かんてい》をし、売れるものは全て換金《かんきん》する。そうしてできた現金を、債権者たちに分配するのだとエドモンド子爵は言う。他にも、領地や屋敷の売却について説明されたが、あまりのことにフィオナは動揺し、話の内容が頭の中に入ってこなかった。

目の前がぐらぐらと揺れ、今にも倒れてしまいそうだった。長いスカートに隠れた足は、さっきから震えている。なんとか立っていられるのは、なけなしのプライドがあるからだ。

「……そうですか。解りました。ここも手放すしかないのですね」

どうやらフィオナは、無一文《むいちもん》で放り出されることになったようだ。

手持ちの現金は、療養所に仕送りされていた生活費だけ。アンナが管理しているが、それも大した金額ではない。一般的な生活などしたことのないフィオナだが、数日も宿屋に宿泊したらなくなってしまうような金額だろう。

しかも自分には、頼れるような親戚も婚約者もいないのだ。そうなると、もう働くことを考えなくてはならない。

まず、どうすればいいのだろう。働いたこともなければ、どうやって職を探せばいいかも知らないフィオナは不安に押し潰されそうだった。

そんなフィオナを、エドモンド子爵は獲物《えもの》を狙うような目で見据える。白く濁《にご》った黒目が、ぎょろりと動いた。

「ご理解頂けたようで、ほっとしました」

わざとらしい言い方に、また苛々《いらいら》させられる。どうせ、父が事業に失敗することになったのも、このエドモンド子爵のせいに違いないのに……。

療養所に押しこめられ、なにもできなかった自分が情けない。何度か父には、子爵に気を付けるよう手紙で忠告したのだが、信じてもらえなかったことが歯痒かった。

「……それでは、後のことはお任せいたします」

眩暈《めまい》で頭がくらくらする。それでもフィオナは、崩れてしまいそうな足を叱咤《しった》して踵《きびす》を返そうとした。もう、ここにいる意味もない。

だが。

「待ちなさい。フィオナ嬢、どこへ行くつもりかな?」

「仕事を探しに行きます。そうするよりほか、ありませんから」

当然、当てはない。ただ自分のような理由があって結婚ができない上流階級出身の女性は、裕福な家庭の住みこみで働く家庭教師しか職はなかった。

職業の選択はできないのだから、後は就職口を探すだけ。それまでの落ち着き先は、アンナに頼ることになるだろう。彼女なら快《こころよ》く受け入れてくれるだろうが、いつも頼ってばかりだから申しわけなさに溜め息が零《こぼ》れた。

振り返ってアンナを見ると、大丈夫というように微笑まれる。それに少しだけ勇気を得る。

　けれど、そんなフィオナをどん底へ突き落とすように、エドモンド子爵がねっとりとした絡みつくような口調で言った。

「まさか、これで全ての負債が片付いたなんて思っているのですか？」

「……どういう意味ですの⁉」

　驚愕し子爵に視線を戻すと、いやらしい笑みを向けられる。

「そのままの意味ですよ。全て売り払っても負債を清算することはできそうにない」

　そもそも屋敷は買い手が見つからなければ維持費がかかり、清算どころではない。調度品や宝石にしても、実際の価値よりも買い叩かれる。また、伯爵家の所有しているノースブルック領は、広大だが寒冷地であり、寒い冬の期間が長い。作物の育つ春や夏は短く、あまり実りがない土地だ。

　そんな土地を欲しがる人間も少ないので、売るのに非常に苦労しているとエドモンド子爵は言う。他にも色々な理由を述べられたが、事業やそういう債権などに詳しくないフィオナには、半分ぐらいしか理解できなかった。

　ともかく、現状では屋敷などに買い手がつくのを待っていたら、利子《りし》が膨れてどのみち資産だけでは借金を返済できなくなるということだった。

「……そういうわけで、このまま去られては困ります。お嬢様の父上である伯爵の借金なのだから、責任をとってもらわないと」

「責任って……」

そう言われても、どうすればいいか解らない。フィオナはずっと田舎の療養所に押しこめられていて、父がどんな事業をしていたのか、借金がどれだけあるのかも知らないのだ。それに借金を返せる当てなんてない。家庭教師として働いたとして、その給金で返済できるとも思えなかった。

なんと返答すればいいか解らなくて黙りこむと、エドモンド子爵が助け船でも出すように話を切り出した。

「私が支払って差し上げることもできます」

「なにをおっしゃりたいのかしら」

フィオナは警戒心も露《あら》わに子爵を睨《にら》み付ける。なんの条件もなしに、狡猾《こうかつ》で欲深い彼がそんな親切な申し出をするわけがない。

「お嬢様も知っての通り、我が国の法律では女性は爵位を受け継ぐことができません。しかし、直系に男子がいない場合、女子が結婚すればその夫が爵位を継ぐことができる」

「ええ、そうですわね」

フィオナは嫌な予感に眉間の皺を深くする。胸の前で握りしめた手が震えそうになるのを、必死に堪《こら》えた。

法律では、直系に男子がおらず女子も未婚の場合、爵位は一旦《いったん》王家に返納する決まりだ。そして結婚すると夫に引き継がれることになっているが、離婚すれば直系の血筋ではない夫は爵位をなくす。もちろん妻に爵位は継げないので、また王家に爵位が戻ることになる。

但し、離婚しても二人の間に男子が誕生していれば、その男児に爵位は移動することになる。それが女児の場合、やはり相続権はないが、将来結婚すればまたその夫に爵位が受け継がれるという制度になっていた。

そのため、爵位を持たない成金や、さらに上の爵位が欲しい男性は、金に困窮《こんきゅう》している貴族の一人娘と結婚することがよくあった。

その婚姻《こんいん》によって男児をもうければ、爵位はより盤石《ばんじゃく》なものとなる。最悪、離婚するようなことになっても、男児を手元に置けさえすれば爵位はその家のものだ。

そんな法律の抜け穴を使い、食い物にされる貴族の娘の話は決して珍しいものではなかった。

ただ、自分には縁のない話だとそう思っていた。今までは……。

フィオナはこみ上げてくる吐き気を我慢して、奥歯を嚙《か》みしめる。

「まあ、要するに私が言いたいのは……」

もったいをつけるように子爵が言葉を止め、舌なめずりをする。そのギラつく目に、フィオナは一歩よろけて後退した。彼がなにを言おうとしているか、想像がついた。

借金を肩代わりする条件として、結婚しろと。そう言うに違いない。

子爵が昔から自分の地位に満足をしていないのは知っていた。前妻《ぜんさい》と死別した今の彼にとって、フィオナはとても好都合な相手だ。

もしや、こうなるのを狙っていたのではないか。父が無理な事業に手を出したことや、全財産を失うほどの失敗をしたことも、全て子爵の陰謀《いんぼう》なのでは。と、思い始めたところで、子爵の次の言葉を遮《さえぎ》って、上から不機嫌そうな声が降ってきた。

「私がその借金を肩代わりしてやろう」

エドモンド子爵の登場で無視され、階段の途中で足を止めていたアルバートだった。

2　復讐者は令嬢を蹂躙する

「愛人とは、具体的にはなにをすればいいのかしら？」

抑揚《よくよう》のない声でされた質問に、アルバートは渋い表情になる。昨日と同じ喪服姿のフィオナは、小鳥のように小さく首を傾げ、じっとこちらを見つめている。媚《こ》びるような上目づかいでも、怯《おび》えてうかがうような目でもない。

アイスブルーの瞳は、まるで事務的なことでも聞いているような穏やかさだ。言葉につまったアルバートは、引き結んだ口を歪め、挑むようにその澄《す》んだ瞳を見返した。

ここは田舎の荘園《しょうえん》ではなく、首都にあるアルバートの屋敷だった。

ノースブルック領と違い温暖で、もう暖炉も必要のない春の気候だ。東の大窓から陽光が差しこむ書斎は、温室のように暖かくなる。今日みたいに晴れた日などは特に。

部屋着である濃紺《のうこん》のラウンジスーツに着替えたアルバートは、春の陽気に上着を脱ぎたいとさえ感じていた。代わりに、少しだけネクタイを緩《ゆる》める。

それに比べ、目の前の少女はまだ冬でもまとっているような雰囲気だ。さすがにコートは脱いでいたが、真っ黒な喪服はきっちりと首元まで覆《おお》い隠し、装飾も少なくどこか寒々しい感じがした。少女の容貌もまた、プラチナブロンドの髪にアイスブルーの瞳という寒《かん》色《しょく》系で、全体的に温かみのある色に欠けていた。

胸の開いた暖色《だんしょく》系のドレスでも着せたら、少しは愛嬌でも出るだろうか。取り澄ました様子の少女を見つめ、頭の中であれこれとドレスを着せ替えてみていたアルバートは、はっと我に返り緩んでいた口元を引きしめる。

くだらない妄想をしている場合ではない。アルバートはマホガニー製の執務机に寄りかかって腕を組み、口をへの字に曲げた。

込み入った話になるだろうからと書斎にフィオナを連れこんだが、目の前の十九歳になる少女は物怖《ものお》じするところが見られない。男性の部屋に侍女の付き添いもなく一人で連れこまれたのだから、少しぐらい怯える素振《そぶ》りでも見せれば可愛いのに……。

昨日、その場の勢いでフィオナの借金を肩代わりしてやると言ってから、列車に乗せて連れ帰ってきたが、正直、少女の扱いに困っていた。あの時、なぜあんなことを言ってしまったのか。後悔してももう遅い。

フィオナの屈辱に歪む顔が見られればそれで満足だったのに、当の本人はアルバートではなくエドモンド子爵にその表情を向けた。それに無性に腹が立った。自分に見せたのは、なぜか安堵したような微笑みで、肩透かしを食らったような気分だった。

しかもその慈愛に満ちた笑みに、一瞬でも見惚《みと》れてしまった自分にもむしゃくしゃする。

そもそもアルバートがノースブルック伯爵の屋敷を訪れたのは、落ちぶれたフィオナを見物するためだけではなかった。伯爵が手掛けていた事業を買収するためだ。

失敗したとはいえ、それはこれから利益を生む最先端技術に投資した事業で、アルバートにとっては安く技術を手に入れるチャンスだった。伯爵が失敗したのは、貴族特有の金銭感覚の甘さから、資金繰りが上手《うま》くいかなくなり、借財を膨れ上がらせたせいだ。

なので本来ならば、事業失敗の後始末をしているエドモンド子爵から安く買い叩くはずが、フィオナの借金の肩代わりもすることになり、気付いたら当初の予定よりも高い買い物をするはめに陥った。

なんてことだ……。ミイラとりがミイラになってしまった。

その後、フィオナの気持ちもエドモンド子爵の思惑《おもわく》も無視し、強引に借金を肩代わりする話をつけていた。自分でも驚くほどの勢いで。

フィオナの屈辱に歪む顔が見られなかったことが、自分はそんなに気に食わなかったのだろうか。だからといって、怒りに任せて借金まで支払ってやる意味が解らなかった。

アルバートは難しい表情を作りながらも、昨日からずっと内心では困惑《こんわく》し続けていた。

しかも言うに事欠いて、借金を肩代わりする条件に愛人になれとまで言っていた。別に愛人など必要もなかったのに……。

なんとかして、フィオナから屈辱の表情を引き出したかったのだろう。だが、またしても少女はアルバートの予想を裏切った。エドモンド子爵に対するように、嫌悪感《けんおかん》も露わにするかと思いきや、素直にその条件を飲んできた。

これには侍女のアンナも驚いて、愛人なんていけませんと、しきりにフィオナに言い募った。けれど少女の決心は固く、頑として引かない。こうなるとアルバートも意地になり、条件を撤回できなくなっていた。

結局、こうしてフィオナを屋敷まで連れ帰ることになってしまった。アンナについては、そのあと条件を撤回しろとアルバートに食い付いてきてうるさかったので、途中の駅で乗り換える振りをして、置き去りにした。

いっそのこと、フィオナも置き去りにしてしまえば良かったが、それでは借金の肩代わり損で面白くない。なにかこの少女から搾取《さくしゅ》しないと、気が済まなかった。

「えっと、アル……じゃなくて、アルバート卿？」

「アルバートでいい」

だんまりを決めこんでいるアルバートを訝《いぶか》しんだのか、大きな目を瞬《まばた》きさせて昔のように名前を呼ぶ。それから慌てて今の敬称で呼び直した。

それについ即答してから、アルバートははっとする。なぜ、対等に名前を呼ぶよう許しているのか。借金の肩代わりで愛人にしたのだから、対等ではないのに。

自分がなにをしたいのか、わけが解らなかった。

やはりこの少女は悪魔かもしれない。腹いせになにか言ってやろうと睨み付けるが、じっと無垢《むく》な目で見返され、開きかけた口から発する言葉を忘れ、目を奪われた。

掃き出し窓にかかったレースのカーテンを透かして、昼の柔らかい光が差しこんでくる。風に雲が流され、部屋の中が一段と明るくなった。

眩《まぶ》しさにアルバートが軽く目を細めた時、その日差しがフィオナのプラチナブロンドの髪を淡く輝かせた。柔らかそうな細い銀糸《ぎんし》の髪は輪郭《りんかく》をきらめかせ、まるで後光でも差しているかのような錯覚《さっかく》を起こさせる。

銀糸に縁どられた雪のように白い細面の顔は、派手ではないが清廉《せいれん》な美しさが宿っている。すっと通った鼻梁《びりょう》に、ツンと尖った鼻先。吸いこまれそうなほど澄んだアイスブルーの大きな目を、けぶるような長い睫毛が縁どっている。

その睫毛は髪と同じプラチナブロンドで、陽光を反射してきらきら輝き、まるで霜《しも》が降りているかのように見えた。外は晴れているというのに、少女の周囲だけは雪でも積もっているかのような錯覚を起こさせる。そんな幻想的な目元だった。

雪の妖精のようだ……。アルバートは柄《がら》にもなく思った。

相変わらず、フィオナの美しさは見ているだけで心が洗われる。神々《こうごう》しいとでも言うのだろうか。

昔も、何度この清らかさに目を奪われたことか。そのたびに、アルバートとは住む世界が違うと目をそむけた。

けれどこの清純さは、全てよくできたまがい物だ。美しさに惑わされ、そのことを忘れてはならない。

なんとか正気に戻ったアルバートは、開いたままだった口を閉じる。間抜けさを誤魔化すように咳払《せきばら》いをしてから言った。

「……君に愛人がなんなのか聞かれるとはな。そんなこと、聞かなくても解るだろう」

鼻先で笑うように吐き捨てると、フィオナが困惑したように眉根を寄せた。端整すぎる顔に、やっと人間味が出る。

その些細《ささい》な表情の変化に、少しほっとした。それなりに修羅場《しゅらば》を経験してきたアルバートでも、あまりに整いすぎている顔は、それだけで圧倒されるものがあった。今までの自分らしからぬ言動も、全てフィオナの容姿が原因だと自身に言い聞かせる。

「聞かなくても解るって……どういう意味かしら？」

「そのままだ。君はかつて私のことを陥れ、あの屋敷から追い出したじゃないか。あんな芸当ができるくせに、清純を装おうとしても無駄だ」

責めるように言うと、フィオナにも良心があったのか顔色を蒼白にして俯いた。もとより演技かもしれなかったが。

アルバートはもともとノースブルック伯爵家の馬丁《ばてい》の息子だったが、他の子供より飛び抜けて賢かった。そのおかげで、フィオナの祖父である先代のノースブルック伯爵に目をかけられ、幼い頃に学校に通わせてもらえた。その後、従僕《フットマン》となってからは屋敷の仕事をする合間に、家庭教師から上流階級の礼儀作法などの教育も受けた。

才知に長《た》けていたアルバートは、貪欲《どんよく》に知識を吸収していった。そして身分が卑《いや》しいことを抜かせば、その辺の貴族の令息よりもよっぽど優秀で物腰も優雅な少年へと成長した。

もちろんそんなアルバートのことを先代伯爵は特別扱いし、伯爵家が営んでいる事業の手伝いをさせるようになった。将来、伯爵家のためになる優秀な人材が欲しかったからだ。それと頼りない次期伯爵であるフィオナの父親の、補佐をさせるためでもあった。

そしてその頃には、アルバートは従僕《フットマン》ではなく先代伯爵の秘書となっていた。それは先代伯爵が亡くなるまで続き、その間にアルバートは経営についての知識や技術を身に付けていった。

ここまでは、身分が低いにもかかわらず順調で運に恵まれた人生だった。けれど、先代伯爵が亡くなってから雲行きが怪しくなってきた。

フィオナの父親が伯爵の位を受け継いでから、エドモンド子爵が出しゃばってくるようになったのだ。エドモンド子爵家は、昔からノースブルック伯爵家の副官的な立場で事業などにも携わってきた。だが、エドモンド子爵の腹黒さを見抜いていた先代は、彼を伯爵家から遠ざけていた。息子にもあまり関わるなと常々《つねづね》言っていたのだが、いつの間にか子爵は気の弱い次期伯爵の心を取りこんで、先代亡き後に伯爵家を乗っ取ろうと画策しているようだった。

アルバートはいち早くそのことに気付き行動を起こそうとしたが、そこでとんでもない問題が発生した。それがフィオナの狂言《きょうげん》だった。

「いったい私のなにが気に入らなかったのか知らないが、あんな不名誉な濡れ衣を着せられるとは思わなかったよ」

アルバートは刺々しい口調で吐き捨てた。

今から五年前、アルバートが二十一歳の時のことだ。ある日、アルバートはフィオナの部屋に呼び出された。

少女はその時、まだ十四歳。但《ただ》し、十四歳といっても社交界デビューを済ませた立派な淑女《しゆくじよ》で、もう結婚ができる年齢だ。見た目や経験値はまだまだ幼くても、女性としての自覚が必要な年頃で、軽々しく異性と会ってはならない立場。それも身分の低いアルバートに、屋敷の仕事以外のことで会うなんて有り得ない関係だった。

だからその日も、なにか言い付けることがあって呼び出されたと思っていた。もちろん部屋には、侍女のアンナが付き添っているものと思って。

　だが、部屋に行ってみるとそこにはフィオナしかおらず、しかも薄いネグリジェ姿。下着同然の恰好《かっこう》にアルバートは目をそらし、困惑した。そしてどういうことかと訝しんでいる間に、少女が自らのネグリジェを破り、叫び声を上げたのだ。すかさず飛んできたアンナに少女は泣きつき、アルバートは呆然と立ち尽くすしかなかった。

　その後は、もう思い出したくもないし、混乱で一部の記憶は曖昧《あいまい》だった。ただ気付くと、アルバートは嫁入り前の令嬢を強姦《ごうかん》しようとした犯罪者として祭り上げられ、今までの信用も実績も失い、屋敷と町から追い出された。

「まあ、そのおかげで今の地位があるわけだが……」

　過去の苦汁《くじゆう》を思い出し、アルバートは顔をしかめる。怒りが沸々《ふつふつ》とわき、原因となった目の前の少女を罵倒《ばとう》しないよう感情を抑制《よくせい》させるだけでも大変だった。

　そのフィオナはというと、細くて華奢な肩を震わせている。儚《はかな》げな姿に庇護《ひご》欲をくすぐられる。やっぱりまた惑わされそうになるが、気を引きしめて少女を睨み下ろす。

　あの後、ノースブルック領を出て着の身着のまま首都へやってきたアルバートは、運良く親切な人に声をかけられ仕事を世話された。そこからまた自らの才知により頭角を現し、今の地位を手に入れた。

　紹介されたのは海外貿易の仕事で、後にアルバートの義父《ぎふ》になるヘンリー・フランクリン卿が経営していた。彼はこの事業を一代で興《おこ》して成功させ、広大な土地を手に入れた富裕層で、爵位を買った準男爵だった。

この国では、代々先祖から受け継ぐ貴族の爵位以外に、金銭で購入できる爵位があった。それが準男爵の地位だ。正確には貴族に含まれない階級ではあったが、その多くは貴族よりも裕福で贅沢《ぜいたく》な暮らしぶりだった。

ヘンリー卿もその例に漏れず裕福であったが、子孫には恵まれず愛妻にも先立たれ孤独であった。そこで彼は、自分の事業と地位を受け継ぐ人間として、若くて優秀なアルバートを養子として迎えた。

正直、とても運の良いことだった。生まれ育ったノースブルック領を不名誉な形で追い出されたが、これも縁だったのだろう。だが、自分の努力なくしては得られなかった地位でもあると、アルバートは自らに絶対的な自信を持っていた。

だから、フィオナのおかげだと感謝するつもりは毛頭ない。そもそもプライドの高いアルバートにとって、あのような汚名を着せられたことは憤懣《ふんまん》やる方ない思いだ。

「私はまだ君のことを許してはいない」

冷たくそう宣言すると、フィオナはより一層小さくなりアイスブルーの瞳を潤ませた。

泣くのだろうかと思い一瞬慌てたアルバートだったが、そんな自分に苛々した。どうしてこんな少女一人に振り回されなくてはならないのか。これだってアルバートを懐柔《かいじゅう》する演技かもしれないのに。

するとそれまで無言で縮こまるばかりだったフィオナが、その薄紅色《うすべにいろ》の唇を震えさせながら澄んだ声を発した。

「……ご、ごめんなさい」

唐突な謝罪に、アルバートは唖然《あぜん》とする。少女からそんな言葉が出てくるとは、予想もしていなかったからだ。

「はっ……君に謝られるとは思わなかった。だが、謝るということは自分が悪いことをしたという自覚があるんだなっ」

なんとか絞り出した声は、怒りに震えていた。いまさら謝られても、なにもかも遅い。

フィオナの謝罪は、抑えていたアルバートの感情を逆撫《さかな》でした。

「まだ子供だから、自分のしでかした事の重大さを解っていないのかと思ったが。そうでもなかったようだなっ！」

大きくなった声に、フィオナが怯えたようにびくっと肩を震わせる。腹立たしさに手を上げたくなるのを我慢して、少女の腕を乱暴に掴《つか》んで引き寄せた。

「なにが目的だったっ！　なぜあんな狂言をしたんだっ！」

自分にはそれを知る権利がある。それまで築き上げてきた地位や信頼、その全てを理不尽に奪われた理由をずっと知りたかった。

「それは……っ」

痛みに顔を歪めるフィオナの腕を、言えと脅《おど》すようさらに力をこめて握る。けれど少女は目をそらしなにも答えない。

「言えないような理由なのかっ？　答えろっ！」

恫喝《どうかつ》すると、フィオナの唇が微かに動いた。

「……たから」

「なんだっ？　聞こえないぞっ」

声をよく聞こうと顔を寄せる。するとずっと俯いていたフィオナが顔を上げ、今までにないなにかを決意したような強い眼差しでアルバートを睨み付けて言った。

「それはっ……あ……あなたのことが嫌いだったからよっ！」

がんっ、と頭を殴られたような衝撃《しょうげき》があった。腕を掴む力も緩む。

別に好かれているなんて思い上がりや勘違いはしていなかったが、なぜか酷《ひど》くショックだった。

わけが解らない。好きでもなければ、むしろ恨んでいる相手だというのに。嫌われているぐらいで、なぜここまで自分が動揺しなくてはならないのか。

呆然とするアルバートを尻目に、少女は言葉を続ける。ただ、さっきからどこか不自然に声が震え、かすれていた。

「そ、それに好きでもない男と政略結婚なんてしたくなかったからっ……あの事件のおかげで悪い噂が立って、私に求婚するような男性はいなくなったわ。たとえ未遂でも、世間では傷物扱いですから」

フィオナが口元に歪んだ笑みを浮かべる。それを見て、アルバートは自分が利用されたことに気付いて吐き気がした。

そんな利己的な理由で、自分はなにもかも失ったなんて。

「それでお父様は、私のことを不憫《ふびん》に思い療養に出してくれたわ。観光名所や遊ぶ場所の多い避暑地よ。おかげ様で、今まで楽しく遊んで暮らせたことを感謝しているわ」

悪女だ。大人しく清純そうに見せかけて、この少女はとんでもない性悪《しょうわる》だ。

療養を名目に、避暑地でどんな遊びをしていたことか。想像するだけでも、腹が立つ。

自分はその享楽《きょうらく》のための踏み台にされたのだ。

「そうか……そういうことだったのか。嫌いな私のことも排除できて一石二鳥《いっせきにちょう》ということか」

「ええ、そうよ」

よどみのない返答に、沸々と怒りがこみ上げる。

「それで、そんなに嫌いな私の愛人によくなる気になったなっ？　今度はなにが目的だ？」

金だろうか。だが、それなら一銭も出す気はない。色香に騙《だま》されてやるつもりもなかった。

意地悪な質問をしてやると、アイスブルーの瞳が一瞬だけ怯《ひる》んだように揺れる。開いた唇が、言葉を探しあぐねるように震えた。

少しの違和感にアルバートは目を細め、少女の微細な変化に注視する。だが、その答えを得る前に腹立たしい言葉が返ってきた。

「私の借金を肩代わりして、あなたの懐《ふところ》が痛むのはいい気味だと思ったからよっ」

「なっ……！」

どこまでも可愛げがなく、意地の悪い少女だ。だが、どんなに性格が悪かろうとその外見の美しさには影響がない。

それどころか、憎らしさからその綺麗な顔を歪めて泣かせてやりたくなった。

「君がそういう態度なら、こっちもそれなりの扱いをさせてもらおう。当然、肩代わりした借金分は楽しませてもらおうじゃないかっ！」

そう言うと、アルバートは少女の腕を強く引いて、書斎から隣接する寝室へと向かった。


ベッドに引き倒されたフィオナは、四肢《しし》が震えそうになるのを必死に堪えていた。男を挑発するようなことを言ったが、本当は怖くて仕方がない。

「なんだ、怯えているのか？」

のしかかってきたアルバートが頬《ほほ》に触れ、嘲笑《ちょうしょう》するように言う。どんなに我慢しても、全身の震えを誤魔化すことはやっぱりできなかった。

それでもフィオナは虚勢を張って、男を睨み付ける。自分を憎悪しているだろう相手に、本当の気持ちを知られるのが怖くて、本心ではないことを口にする。

「ち、違うわっ、気持ち悪いからよ！」

声は弱々しく震えていたが、逆にそれが真実味をおびていた。

アルバートの目が鋭く細められる。昔から異性から人気がありプライドの高い男だから、拒否されるのは腹立たしいのかもしれない。

「そうか……それは好都合だ」

クッ、と喉の奥で男は、冷酷《れいこく》に笑う。フィオナの体の震えが、隠せないほどになってくる。

「君を悦ばせてもなにも楽しくないからな。たっぷりと嬲《なぶ》ってやろうじゃないか」

フィオナの白い頬を、男の大きな手が獲物を味見するようにゆっくりと撫でる。うなじの産毛《うぶげ》が、ざわりっと逆立つような感覚に背筋が震えた。

今すぐに逃げ出したい。愛人になると頷いた時は、それなりに覚悟をしたつもりだった。でもやっぱり怖い。

愛人が具体的にどういう行動をすればいいのか、どう扱われるべきなのかは解らない。

貴族の娘として生まれたフィオナは、妻になるようにしか教育を受けていないからだ。

だからさっきの、愛人とはなにをすればいいのかという質問もそういう意味で、彼が自分のことをどう扱うつもりなのか知りたかっただけ。決して、なにも知らない純粋培養の乙女《おとめ》を気取りたかったわけではない。

こうやって、ベッドに押し倒されてすることがなんなのか、知識だけならある。でも所詮、花嫁修業の一環で聞いただけのもの。それも酷く抽象的で、実際にどうするのかフィオナにはまったく理解できなかった。

それに、こういう行為は結婚してからするもので、婚前にみだりにするものではない。殿方が求めても、断固として拒否するべき。それが貴族の淑女としての務めと、厳しく教育されてきた。

結婚もせずに行為に及ぶというのは恥ずべきことで、処女《しょじょ》を失えば嫁ぐことはできないと、半ば脅すように言われ続けて育ってきたのだ。

なのにその価値観を翻すようなことをしようとしている。行為に対する抵抗感は想像以上に大きくて、押し寄せてくる背徳の波にフィオナは怯えていた。

どうせもう嫁ぐことはできないと思っていた。成人したと認められるのは二十一歳からだが、貴族の娘で十九歳で独身というのは、この国ではもう充分にいき遅れた年齢だ。ぎりぎり少女と言ってもらえる年ではあるが、嫁いで子供の一人ぐらいは妊娠しているのが普通だった。

それに加えて、アルバートに襲われたという噂。また、そのことで心神喪失になり療養所におくられたことになっている。

嫁の貰い手も、幸せな結婚をする未来も、あの狂言事件の時に全て失っている。アルバートと同じだ。

ただ、それはフィオナが自《みず》ら選《か》んでしたこと。今のこの状況を招いたのだって、自業自得なのだから仕方ない。

それは解っている。解っているけれど、やっぱり結婚もしていないのに男に抱かれるのは怖い。せめて愛されているのなら、こんな胸をしめつけられるような辛さはないのだろう。

でも、フィオナを抱こうとしている男は、自分のことを憎悪している。

目に涙が浮かぶ。強気を装うのも限界だった。

「どうした？　どうせ初めてでもないくせに、まだ純潔《じゅんけつ》ぶるのか？」

男の嘲《あざけ》りに、唇を噛んだ。せめて情けなく泣いてしまわないように。

けれどその気持ちを挫《くじ》くように、酷い言葉は続けられる。

「療養先でどれだけ遊んだ？　男を何人くわえこんだか言ってみろ」

喉で止めていた熱い塊がせり上がってくる。目頭をじわりと熱くし、視界を歪ませた。

「ち……がっ、そんなことっ」

「してないとでも言うのか？　楽しかったんだろう、避暑地での療養はっ」

汚いものでも見るような目で見下ろされ、蔑《さげす》まれる。フィオナの胸の奥が、惨《みじ》めさに震えて悲鳴を上げた。

「もぅ……いやッ」

「うわっ！」

我慢できなくなったフィオナは、アルバートの肩をどんっと強く押しやった。抵抗されると思っていなかった男は、バランスを崩してベッドの上に転がる。

「やっぱり嫌っ、できないわっ」

起き上がったフィオナはベッドから滑り降り、ドアに向かって逃げようとした。だが。

「おいっ、待てっ！」

「きゃぁッ！」

膨らんだスカートを乱暴に摑まれ引き戻される。足がもつれ、後ろに倒れる。衝撃に備えて目をぎゅっと閉じたが、倒れた先は男の腕の中だった。

体を受け止めた逞《たくま》しい腕に、こんな時だというのに胸が高鳴る。だが、男の膝の上で横抱きにされたフィオナが目を開くと、鋭い視線で見下ろされ身が竦《すく》んだ。

「逃げられるとでも思ってるのか？　ここには君を助けてくれる侍女もいないし、私を拒否したいなら肩代わりしてやった借金を支払うんだな」

静かだけれど、威圧感たっぷりの低い声に身動きできない。かたかたと震える膝を、スカートの上から男の手が大きく円を描くように撫でる。

「それができないなら、金額分しっかりと楽しませてもらおうか」

男の紫色の目が、獰猛《どうもう》な光を放つ。フィオナはそれに震え上がった。

本能的に逃げたくなったが、体は男の腕の中に囲いこまれて身動きできない。近付いてくる胸に、腕を突っ張って抵抗する。もちろんそんな弱々しい抵抗で男を止められるはずもない。

「いやぁっ、放してっ」

「いいぞ、もっと嫌がれ。そのほうが楽しい」

いたぶるような声と頬を撫でる手に顔をそむけると、目尻に溜まっていた涙が零れ落ちる。それと一緒に流れた艶やかな髪が首筋を撫でたかと思うと、そこに男が顔を埋めてきた。

「ひっ……いやぁっ！」

くすぐったさと驚きに短い悲鳴を上げたすぐ後、露わになった首筋に噛み付かれる。食い千切られるかと思い、フィオナは男の腕の中で身を硬くする。

だが、痛かったのは最初の一瞬だけで、すぐに歯は引っこんで唇が押し当てられた。その隙間から這い出した舌に、首筋をねっとりと舐め上げられる。

「……んぅッ」

なぜ、そんな場所を舐められるのか。それにどうして噛み付かれたのか。わけが解らなくて、怖かった。花嫁修業で受けた性教育では、そんなことをされるなんて教えられていない。

けれど舐められるほど、なんとも言えない疼《うず》きがそこから生まれ、フィオナは恐怖とは関係なく身動きできなくなった。

弱い痺れが産毛の上を撫で、全身をくすぐるように広がって四肢の力を奪っていく。思考も上手く回らなくて、なにも考えられなくなる。

「い、いやぁ……ひぃ、ンッ」

変な声がひっきりなしに上がる。恥ずかしくて声を抑えたいのに、男に舐められると反射的に漏れてしまう。

男の胸に突っ張っていた腕はすでに力はなく、抵抗するどころか指が縋《すが》るようにラウンジスーツの上着を掴んでいた。

「ここが弱いのか?」

「やぁッ……ひっ！　だめぇっ！」

舌先で散々嬲られた場所に、唇が吸い付く。強く吸われて小さな痛みが走り、フィオナの体が面白いぐらいにびくんっと跳《は》ねた。

その瞬間、全身に甘い痺れが駆け抜けて痙攣《けいれん》する。

「なんだ、これぐらいで感じるのか？　遊んでいた割に初心《うぶ》な体だな。それとも、開発されて敏感になっているのか？」

過剰な反応を見せたフィオナを、アルバートは笑いながら酷い言葉で貶《おとし》めていく。けれど、初めて感じた快感に、フィオナはショックで反抗する気も削がれてしまっていた。

なにも言い返す気になれず、男の腕の中で震えるしかない。自分の身に起きたことがなんなのか、理解できなくて怖かった。

だが、困惑するフィオナに、アルバートが安心させるように説明してくれるはずもない。

少女が大人しくなったのをいいことに、男の手はドレスの上から体を撫で回し始めた。

「あっ……いやぁっ、やめてっ」

弱々しい声で制止するが、もちろん男の無慈悲な手が止まるわけもない。

今まで、服の上からでも異性に体を触られたことのないフィオナは、羞恥《しゅうち》に硬直して震える。声は喉の奥に引っかかり、なにをされるのか解らない未知の恐怖で指の先まで緊張で凍り付く。

コルセットで絞った腰回りを撫でさすっていた手が、じわじわと追いつめるように這い上がってくるのに、フィオナの表情が引きつる。それ以上は触れられたくない。

「良い顔だな」

楽しげな声がして、耳朶《じだ》を柔らかく噛まれ、耳裏をねっとりと舐め上げられた。その刺激に体の緊張が緩んだ瞬間、鳩尾《みぞおち》を彷徨《さまよ》っていた手が乳房に触れる。

「いっ、いやぁっ」

コルセットの上からなので、男の手の感触は強くない。なのに、全身で怯えてしまうのをどうにもできない。

体の性的な部分は、将来夫になる男性以外に見せたり触らせたりしてはいけないという教育が、フィオナの心を縛っている。そのせいで、今まで守ってきた貞操を蹂躙《じゅうりん》される行為に、言いようのない恐怖を感じる。

もう駄目。後戻りできない……汚れてしまう。

そうなることは、今まで自分を守ってきてくれたアンナや亡き父を裏切ることだと気付いて絶望する。いまさら後悔しても遅いのに、愛人になることを選んだ自分の浅はかさに啜《すす》り泣き、止めようとしてくれたアンナに心の中で何度も謝る。

男の手が、とうとうコルセットに覆われていない、乳房の上部に到達する。そこは体が女性らしい曲線を強調するために、胸の脂肪を集めて盛り上げている場所だ。もちろん触られている感触もしっかりあって、フィオナは緊張に全身を硬直させる。

大きな手が乳房を揉み始める。やんわりと柔肉に食いこませた指を、強弱をつけて動かし、たまに強く鷲掴《わしづか》みにする。

「けっこう大きいんだな。それに柔らかい……」

耳にかかる男の熱い溜め息と卑猥《ひわい》な呟きに、フィオナの羞恥心が煽《あお》られる。それに嫌だと心は悲鳴を上げているのに、体は強引な愛撫《あいぶ》に反応を始める。

もどかしいような、じれったいような疼きが肌の上を這う。男と同じように息が上がり、なぜか下半身がじわりと甘く痺れてくる。まだなにもされていないのに、足の間が淫らなむず痒さに支配されぴくぴくと震えた。

フィオナはその淫靡《いんび》な感覚を堪えるように、ドレスの下で膝を擦り合わせる。けれど、内側からじわじわと攻めてくる甘ったるい痺れに侵されていく。

それが怖くて、助けを求めるように自分を嬲る男の腕に指を絡めた。

「やめてぇ……おねがいっ」

触れられているせいで、上手く発音できない。まるで子供みたいな舌足らずな声で、情けなく男に泣いて縋る。

無理だと解っているのに、懇願《こんがん》せずにはいられなかった。すると、男の手がふと止まる。

依然として膨らんだ乳房に手は置かれたままだが、さわさわと弄《いじ》る動きがなくなった。

不思議に思い、フィオナはそむけていた顔を戻し、涙に濡れた睫毛を押し上げる。

男が複雑な表情で固まっていた。悪いことをしてしまったとでもいうような、緊張した面持ちだ。

「ある……アルバート？」

フィオナが名を呼ぶと、はっとしたようにアルバートは正気に戻り表情を険しくした。

「騙されないからな。そうやって色んな男相手に、純潔ぶってきたのかっ？」

「え……ちがっ、きゃぁッ！」

膝の上から、再びベッドの上に乱暴に引き倒された。今度は下半身に馬乗りになられ、体重をかけられる。

そう簡単に逃げられないようにされ、フィオナの中での焦りが増す。どうせ最後は犯されるのだと解っているのに、覚悟ができていないせいで反射的に男の胸を押しやろうとした。

「大人しくしていろっ！」

男は苛立たしげに言うと、無駄な抵抗をするフィオナの腕を摑んでその頭上で拘束《こうそく》する。

「いやっ、放してっ！」

両手の自由を奪われたことに青ざめて暴れる。もちろん男の手を振りほどくことなどできなくて、フィオナはこみ上げてくる怖さに目を潤《うる》ませる。

「やだぁ……なんでこんなっ」

「暴れるからだ。大人しくしていたら放してやる」

どうせ無理だろうと鼻先で笑いながら、男は拘束する力を強める。痕《あと》が残るほど強く腕を掴まれたフィオナは、恐怖でしゃくり上げた。

「ひっ、くぅ……いやぁ、怖いっ」

もう意地なんて張っていられなくて、弱音を零してしまう。体中が震え、涙が止まらない。きっと自分のことを憎悪している男にしてみれば、いい気味に違いない。

涙で濡れた目でアルバートを見上げると、さっきのような複雑な表情を浮かべていた。

それに縋るように、フィオナは震える唇を開く。思いがけず、鼻にかかった甘ったるい声が出た。

「アル、やめて……っ」

男の顔色が変わる。切羽《せっぱ》つまったように目をすがめ、喉を鳴らす。男らしい喉仏が上下する様を、フィオナはなぜか陶然《とうぜん》と見つめた。

怯えすぎて頭がおかしくなってしまったのだろうか。その様が酷く艶めいて見え、胸がどきどきする。唇から漏れる息が、熱をおびてくる。

アルバートはなにかを振り切るように溜め息をつくと、拘束したフィオナの手首に体重をかけて身を屈《かが》めた。間近に迫った男の顔に、フィオナは怯えた。でも、恐怖からではない。

暗い色をした紫色の双眸にじっと見つめられ、背筋が粟立《あわだ》った。怖いだけではない、期待にも似た淫らな好奇心が顔をのぞかせる。

胸への愛撫で疼き始めていた下半身が、また反応を始める。卑猥な場所が、びくびくと痙攣するのにフィオナは困惑した。途中で放り出された乳房にまた触れてほしいと思ってしまう。直接揉みしだかれたいと、ドレスの下の肌がざわついている。

不安や怖さが快感とすり替わろうとせめぎ合っているのに、フィオナは泣きたくなった。なぜ、自分の体はこんな淫らな反応をしているのだろう。それが理解できなくて、肩を震わせてしゃくり上げながら、欲望に染まり始めた紫の目を見上げ、か細い声で懇願した。

「いやぁ……アルバート、お願いやめてっ」

「黙れ！　そうやって人を惑わせて……もうしゃべるなっ」

男の大きな手が顎を乱暴に摑み、ぐいっと持ち上げる。

息苦しさに喘《あえ》ぐと、お互いの吐息が絡み合うほどの距離にアルバートの顔があった。昔からそうだったように、男の端整な容貌に思わず見とれてしまう。

その隙に、やや乱暴に唇が重なった。ぼうっとしていて、最初はそれがなんなのか解らなかったが、口付けだと気付いたフィオナは顔をそむける。

「んっ……いやッ」

初めての口付けは、結婚の誓いをする時にするもの。愛人なら、そんな必要もないと思っていた。それなのに奪われたことがショックで暴れた。

けれど顎を摑む男の力が緩むはずもなく、再び強引に口付けられ、開いていた唇の間に舌が侵入してくる。ぬるりとした感触に、フィオナはびくっと震えて硬直《こうちょく》する。

キスは唇を重ねるだけという知識しかないフィオナは、他人の舌が口腔《こうこう》に入ってくることがショックだった。気持ちが悪いとさえ思う。

嫌がって喉を鳴らし逃げようとするが、顎を摑む指はどんどん強くなるばかりで、貪《むさぼ》るように唇が吸い付いてくる。侵入した舌は、逃げ惑うフィオナの舌に絡みついて放さない。

二人の間で、吐息と唾液《だえき》が混じり合い濡れた音が立つ。まるで獣にでもなったような行為は、フィオナに辱《はずかし》めを受けている気持ちを抱かせた。

どうして普通の口付けではないのか。こんな酷いことをするのは恨まれているからなのかと思うと、よけいに辛くて涙が零れた。

自分の尊厳《そんげん》も純潔も蹂躙されていく行為を受けながら、フィオナはしゃくり上げる。キスの合間で、唇が離れるたびに嗚咽《おえつ》が漏れた。

「はっ、あぁ……ん、やぁっ」

頭がぼうっとする。慣れない濃厚な口付けと、泣いたせいだろう。

酸素が足りなくてフィオナが喘ぐと、執拗《しつよう》な口付けを繰り返していたアルバートが顔を離す。やっとまともに呼吸ができ、咳《せ》きこんだ。まるで溺れていたみたいに。

それを見て、アルバートが訝しむように言う。

「この程度でどうした？　まさか、キスは初めてなんてことはないだろう？」

そのまさかだが、真実を言うこともできずにフィオナは乱れた息を整えながら、男を責めるように睨む。

「酷い……だって、こんな口付け知らないわっ」

普通ならしないことだろうと、そう思っての言葉だった。だが、どういうわけかアルバートは驚いたように目を丸くした。

「経験がないのか……？　普通のことだぞ」

「……え？」

一瞬、意味が理解できなくて、きょとんとして瞬きする。男はそれを見て、優越感たっぷりの笑みを浮かべた。

「そうか……ないのか。こういう口付けはされたことがないんだな」

やっと自分の失言に気付いたフィオナは、焦りと羞恥に顔を赤らめた。

まさかあれが普通だなんて……。ショックだった。

なにか言いわけをしなくてはと思うのに、言葉が出てこなくてフィオナは口をぱくぱくさせる。それを見下ろすアルバートの目が、なぜか愛《いと》しげに細められ、乱れた髪を撫でられる。その指先が頬に触れ、フィオナの心臓がとくんと跳ね上がった。

急に優しくしないでほしい。愛されていると勘違いしてしまいたくなる。

嫌いだなんて嘘。本当はもうずっと昔からアルバートのことを……。

フィオナはそれ以上のことを考えないよう、自分の気持ちに蓋《ふた》をする。この想いを溢《あふ》れさせてしまったら、惨めな現実に押し潰されてしまうだろう。

涙の粒を拭う男の指から逃れるように顔をそむけ、濡れた睫毛を伏せて唇を噛んだ。

「性悪な女だと思ったが、容姿以外にもまだ綺麗な部分が残っていたんだな」

馬鹿にした言い方だったが、どこか声に嬉しそうな響きが混じっている。だが、それがどういうことなのか考える前に、また唇を奪われた。けれど今度は、すぐに離れる。

そして息のかかる距離で、じっと濡れた目をのぞきこまれて言われた。

「キスしたことがあるなら解ると思うが、呼吸はちゃんと鼻でするんだ。舌をどうすればいいか解らないなら、大人しくしていれば私が気持ち良くしてやろう。但し、噛むなよ」

最後の言葉は、重なってくる口付けにかき消される。

舌がまたぬるりと侵入してきた。最初はあんなに気持ちが悪いと思ったのに、今度は不思議と嫌じゃなかった。

辱める目的ではないと解ったからなのか。絡んでくる男の舌に、体がびくんっと甘く打ち震える。敏感《びんかん》な唇が、男の唾液に濡らされて痺れ、蕩《とろ》けていくような感覚を生む。

さっきみたいに貪るような口付けではなく、フィオナの性感を探り出すようなゆっくりとした舌の絡み合いに心がざわつく。まるで恋に落とされていくような、甘酸っぱさが胸に広がった。

そのうち舌の動きが激しくなり、無意識にだがフィオナも求めるように男へ舌を差し出していた。気持ち悪いとしか感じられなかったのが不思議なほど、舌が絡まり合う感触が気持ち良い。唾液が混じり合う卑猥な濡れた音に興奮し、頭の芯がぼうっとなってくる。

なにも考えられず、男の与えてくれる口付けに酔っていると、胸元が緩くなり呼吸がしやすくなった。気付くと、いつの間にか前あきの喪服のボタンを外されている。

腕の拘束もほどけていた。けれど自由になったのに、フィオナは抵抗する気になれなかった。

口付けで頭が朦朧《もうろう》としているせいだけではない。高揚《こうよう》した体は、さっきみたいに触れられることを求めていた。あんなに怖かったのに、今は直接触れられることを想像し、期待して吐き出す息が熱く乱れる。

首元まで覆っていた喪服の前が肌蹴《はだけ》られ、レースやフリルの付いたコルセットカバー、コルセットのボタンも外された。

もう胸を覆い隠すのは下着のシュミーズだけ。男の手が、薄い布地の上から乳房に触れた。布越しでも伝わってくる手の平の熱さに、フィオナの唇から淫らな溜め息が零れる。

男の息も乱れていた。

その吐息が首筋にぶつかり、唇が上から重なる。嚙み付かれ、甘い痛みが散る場所を舌で舐め上げられる。何度もそれを繰り返され、首にいくつかの赤い痕を付けられた。

その間に、男の手は敏感になったフィオナの体をまさぐる。

「あっ……はぁンッ」

乳房を摑まれ、鼻から抜けるような甘ったるい声が出る。やや乱暴に揉まれたのに、体は酷く感じていた。

胸の形を確かめるようにまさぐられ、揉みしだかれる。肉に食いこむ指先や、乳首に触れる手の平の感触が気持ち良い。布が肌を擦るのにも感じてしまう。

こんな行為は良くないと思うのに、乱れていく自分を止められない。布を押し上げる硬く尖った乳首を摘《つ》まれると、びくっと体が跳ね、むずかるように肩が揺れてシーツに皺を作っていく。

「これだけで、そんなに感じるのか？　淫乱だな。いったいどれだけの男に抱かれればこうなる？　どんなふうに調教された？」

嘲笑と貶める言葉が降ってくる。それに胸が痛んだ。どの質問にも答えられないし、そんな事実などないから苦しかった。

なのにこんなに感じてしまう自分も恥ずかしい。そしてその羞恥心さえも快感に変えて、フィオナの体を蝕んでいく。思考も奪い、快楽の渦へと突き落とす。

自ら胸を突き出し、もっととねだるように男の手に押し付ける。それにアルバートが卑猥な言葉を投げてくるが、もうあまりフィオナの耳には届いていなかった。

「あっ、ああんっ。ひぁッ！」

鎖骨を甘噛みし舐めていた男の唇が、シュミーズの上から乳首に触れる。軽く舌先で撫でられただけで、甲高い声が部屋に響いた。

「ひぁっ、あぁぁ……あ、ふぅンッ、そこいやぁっ」

男は布越しに乳首を口中に含んで、舌先で転がす。唾液で張り付いた布と舌が敏感な場所を擦る感覚に、フィオナは身悶えた。全身が痙攣し、腹の奥がじんじんする。足の間の秘められた場所が、じんわりと湿ってくるのを感じた。

どうして体がこんな反応をするのか解らなくて、フィオナはやめてと懇願して男の頭を押しのけようとする。けれど懇願は甘ったるい喘ぎ混じりで、まるで誘っているようにしか聞こえない。しかも邪魔をするお仕置きのように乳首を強く嚙まれ、淫らに舐め回されると、頭を引き離そうと置いた手はそれどころではなくなって、快感を耐えるように黒髪に指を絡めてしまう。

甘い声がひっきりなしに漏れる。男の息遣いも激しくなり、熱がこもってくる。

「はぁ……っ、暑いな」

息苦しくなったのか、一旦体を離したアルバートがラウンジスーツの上着を脱ぎ捨てネクタイを外した。それからシャツのボタンをいくつか開けると、再びフィオナに覆いかぶさる。シャツの間からのぞく逞しい胸は、乱れた息に上下し薄らと汗が浮いていた。

それが酷く艶めいて見え、視線を奪われていると、男は苛立たしげに黒髪をかき上げて言った。

「邪魔だなっ」

「え……きゃあぁっ！」

シュミーズの胸元に手がかかったかと思うと、薄い布が裂ける音が響いた。

「やっ、なんで。こんなっ……」

動揺し、反射的に胸元を隠そうとするが、手を払いのけられ、裂けた胸元を大きく広げられる。白い乳房が零れ落ち、男の眼前に暴かれる。

「い、いやぁ……」

いくら快楽に溺れていても、やはり男に素肌を晒すのは恥ずかしくて身をよじる。けれど腕をベッドに押さえ付けられ、隠すことは叶わない。

冷たい外気に触れた乳首は痛いほど張りつめている。そんな痴態も見られているのかと思うと、羞恥で体中が熱くなってくる。

男はそんなフィオナのことを、じっと見下ろしていた。まるで品定めでもするように、じっくりと舐め回すように肌の上に視線を走らせる。フィオナは瞼《まぶた》を伏せていたが、まるで愛撫のように肌の上を這う男の視線を感じていた。

「やぁ、もうっ……見ないでぇっ」

視線に耐えられなくて、涙混じりの声を漏らす。するとそれを遮るように、アルバートが舌打ちをした。

「……くそっ、こっちが限界だっ」

切羽つまった表情で吐き捨てると、アルバートは白い乳房に顔を埋め、隆起した脂肪を鷲摑みしかじり付く。貪るように歯を立てられ、フィオナは痛みに小さく悲鳴を上げる。けれど男の荒々しい息が肌にぶつかり、そのくすぐったさと熱さに喘いだ。

散々焦らされた肌は、直接触れられた悦びで淫らに粟立った。白い肌は薄紅色に上気し、しっとりと汗ばんで男の手を吸い付かせる。背筋から全身に広がっていく快感に、フィオナはむずかるように腰を揺らす。足の間がじんじんと痺れ、腹の奥で蜜がゆっくりと蕩けてくる感覚に膝が震える。

そのうち男の腕が下がり、スカートをたくし上げて中に手を突き入れた。嫌がる隙もなくドロワーズだけを脱がされる。

「あんっ……いやあっ、だめぇ！」

足首を摑む男に、フィオナは膝を閉じて抗う。いくら官能に飲まれていても、恥じらいが皆無になったわけではない。下着のない無防備な状態のそこを見られるのは、乳房を晒される以上に恥ずかしい。

まくれ上がったスカートを押さえ付けようとするが、感じすぎて力のない手は簡単にどけられてしまう。

「やっ、やだぁ！　やめて……ぇッ！」

「なにをいまさら恥ずかしがる。散々、色んな男に見せたのだろう？」

嘲る言葉とともに、膝を割られてその間に男の体が入りこむ。もう閉じることができないようにされてから、舐めるように足の間を見下ろされた。

男の目が情欲に濡れ、細められる。

中途半端にドレスをまとったまま性的な部分だけ暴かれたフィオナは、その凌辱《りょうじょく》するような視線に震える。逃げ出したかった。気が狂いそうなほど恥ずかしいのに、体はその視線になぜか感じてしまう。内側が痙攣し、蜜をとろりとしたたらせる。

「……もうこんなに濡れてるのか。なにもしていないのに、奥から溢れてきているぞ。いやらしい体だな」

「あっ……いやぁ、あぁァンッ！」

男の指が、蜜にまみれた花弁を散らして痙攣する入り口を撫でる。まだ誰にも侵《おか》されていないそこは、固く口を閉じている。けれど男の指は、性急に中へと侵入しようとこじ開けた。

「ひっ、いたっ……痛いっ、やめてっ！」

初めての異物感と押し広げられる圧迫感に、フィオナは悲鳴を上げる。けれど強引な指は、蜜のぬめりを借りて中に押し入ってきた。

「痛い？　こんなに濡れていて痛いもないだろう。入り口も物欲しそうにしめつけてきて、淫乱だな」

「ちがっ、やぁ……ひぃっ、んぁッ」

指がもっと深くまで入りこみ、中で動く。突き上げるように奥を押し、指の数まで増やしていく。

蜜でよく濡れていたおかげで、痛みはしばらくして消えていた。けれど、入り口を広げられる圧迫感と中を指先で突かれる刺激に、フィオナは涙ぐみ息苦しさに喘ぐ。

「いや、やめてぇっ、変なの……ぉっ」

「変になりそうなのはこっちだ。煽ってるのか？」

言葉で説明はできないが、今までの快感とは違う感覚に怯える。気持ち良さとは違う異物感と甘い苦痛に苛《さいな》まれ、フィオナは泣きじゃくる。今すぐにでも、指で嬲るのをやめてもらいたかった。でないと、気が狂ってしまいそうだった。

「いやぁ、抜いてっ……もうだめぇっ」

耐えられなくて男に懇願する。けれどアルバートは、それを違う意味にとらえて指を引き抜いた。

「ああ、そうだな。これだけ濡れているなら大丈夫だろう……代わりのものを入れてやる」

消えた圧迫感にほっとしたのも束の間。広げられて疼痛《とうつう》を訴える蜜口に、硬いものを押し付けられた。それがなんなのか理解する前に、中に突き入れられる。

「ひっ……ぃ！」

あまりの衝撃と痛みに声も出なかった。悲鳴は喉の奥に貼り付き、体はびくっと跳ねて緊張する。押し広げられた入り口がきつくしまり、アルバートの動きも途中で止まる。

「くっ、キツいなっ。おい、緩めろ」

苛立たしげな声が降ってくる。けれど痛みで意識が飛びかけているフィオナには聞こえなかった。

さっきまでの快感も、指による甘い苦痛も全てが消し飛ぶような痛み。体が引き裂かれてしまいそうな激痛に、フィオナの体から血の気が引き脂汗が滲む。上気していた頬はあっという間に青白くなり、体は痛みのせいでがくがくと震えた。

「フィオナ……？　おい、どうしたっ？」

やっとフィオナの異変に気付いたアルバートが、焦ったように体を離してその頬を軽く叩く。

「しっかりしろ……どういうことだ？　えっ、血っ？」

困惑気味に下半身に視線をやった男は、慌てて突き入れた己《おのれ》のものを引き抜く。途端に激しい痛みが引き、フィオナの体から緊張が解ける。

けれどそれと同時に、痛みの余波で意識がふっと遠くなった。

「嘘だろ……初めてだったのかっ？　おいっ、フィオナ。説明をっ……フィオナ、しっかりしろっ」

アルバートの焦った声がぼんやりと遠くに聞こえたが、それに返事をする力はもうフィオナには残っていなかった。かろうじて薄く開いていた瞼が閉じ、そこから先の意識は白濁とした中へと沈んでいった。

3　復讐者は快楽を教え込む

　昼ご飯の時間を過ぎた厨房は、さっきまでの忙しさが嘘のように静かだった。奥の水場で、キッチンメイドの一人が皿洗いをする音だけが、高い半円形の天井に響いていた。他のキッチンメイドは、隣の部屋で遅い昼休憩と食事をとっている。

　屋敷の厨房は半地下になっていて、天窓は地上の高さにあった。そこから入ってくる光で、地下でも部屋の中は明るい。煉瓦《れんが》作りの壁面には、磨き上げられたフライパンや調理器具がかけられていて、日差しを反射してきらめいていた。

　フィオナがそれをぼんやり見上げていると、中央にある作業台で料理の仕上げをしていた年配の女性料理人から声をかけられる。

「これ、旦那様の部屋に持っていっておくれ」

「あ、はいっ」

白いエプロンをまとったきっぷの良さそうな女性料理人から、フィオナはティーワゴンを引き受ける。

繊細な蔦模様《つたもよう》が彫りこまれたオーク製のティーワゴンの上には、三段のティースタンドとお茶のセットが用意されていた。そのティースタンドには、サンドイッチやスコーン、ケーキなどが載っている。

ふわりと鼻を掠《かす》める甘いお菓子の匂いに、フィオナはこみ上げてきた唾《つば》を飲みこむ。ケーキやタルトにはフルーツがふんだんに載っていて、ジャムでナパージュされきらきら輝いている。お菓子は色とりどりのマカロンやクッキー、チョコレート。焼き立てのスコーンには、屋敷の庭で採れたラズベリーのジャムとクロテッドクリーム。

どれも美味《おい》しそうで、フィオナはうっとりと溜め息をついた。こんな豪華《ごうか》なアフタヌーンティーはノースブルックの屋敷にいた時にしか食べたことがない。療養先では色々制限があり、甘いお菓子とは無縁の生活をおくっていたので、久しぶりに見るケーキやクッキー、チョコレートの数々に釘付けになってしまう。

「ねえ、あんた大丈夫かい？」

「えっ……あ、はい！　大丈夫です。摘まんだりなんてしませんっ」

心配そうな料理人の声に、現実に引き戻されたフィオナは慌てて返事をする。きっと凄く物欲しそうな目をしていたに違いない。

これでも元伯爵令嬢だというのに、なんてはしたないのだろう。フィオナの頬がみるみる赤くなっていく。

するとは面倒見の良さそうな彼女は、呆れたように違う違うと首を振る。

「お菓子が食べたいなら、後で形が悪い失敗作をやるよ。そうじゃなくて、アタシが言いたいのはねぇ……」

「本当ですかっ？　食べたいですっ」

ぱっと表情を輝かせて返事をすると、彼女はやれやれと苦笑する。そこでやっと違う心配をされていると気付き、フィオナはきょとんとした表情で首を傾げた。

「お嬢様ってのは年の割にしっかりしてないものなんだね。まあ、そういう階級の方々だからねぇ。仕方ないけど」

馬鹿にしたような言葉だったが、彼女の言い方はとても温かみがあって、フィオナは純粋に案じられているのを感じた。

「これはアンタが持ってくるようにって注文なんだよ。要するにそれって……さすがに解るだろう」

「あ……はい……」

声の調子が低くなる彼女に、フィオナはやっとなにを懸念《けねん》されているのか理解して張り付いた笑みのまま俯いた。視線を落とすと、お仕着せのメイド服のエプロンが目に飛びこんでくる。

アルバートに抱かれてもう一週間たった。フィオナはどういうわけか、メイド兼愛人という立場になっていた。

初めて抱かれ、失神から意識を取り戻したあとの話だ。痛みでベッドから起き上がれないフィオナにアルバートは言った。

抱いてみたら処女で、愛人にするには経験不足。これでは性欲処理にも使えないから、しばらくメイドでもしていろ。借金分働くには、愛人だけでなくメイドもしないと釣り合わないなと。

けれどその後、初めてなのに中を強引に開かれたせいでフィオナは熱を出し、一日ほど寝こんでしまった。そしてやっと体調を戻したのが三日後。

それまで客間で看病されていたフィオナは、メイドを束ねる家政婦に身柄を預けられ、使用人が使う部屋に移された。そこでこのお仕着せを貰ったのである。

黒いワンピースに繊細なレースの付いた白いエプロン。頭につけるキャップはフリルがたくさん付いていて可愛らしく、後ろはリボンできゅっと絞り、エプロンと同じレースが裾にあしらわれている。

実用性のまったくないデザインは、パーラーメイドの制服だと教えられた。

パーラーメイドは、主に客の給仕など表に立つ仕事をするメイドだ。フィオナが出ていく前の伯爵邸にも、華やかで美人なパーラーメイドが何人もいた。彼女たちは来客の目を楽しませるという役目もある。

けれどフィオナは表に出なくていいと家政婦から言い渡された。その代わり、旦那様専属でお世話をするようにと付け加え、厳格《げんかく》な雰囲気の家政婦は少しだけ表情を曇らせた。

要するに、口では言えないような淫らなお世話もするという意味なのだろうと察した。

熱を出して寝こんでいたフィオナの事情は、家政婦だけでなく屋敷の使用人にまでいき渡っているらしい。客人として来たのになぜかメイドにさせられているのだから、内密にしようとしても噂になってしまう。

ほとんどは遠巻きにして、陰《かげ》でひそひそ噂をしている程度で実害はない。

また、中にはこの女性料理人のように心配してくれる使用人もいた。

「嫌ならさ、他のメイドに押し付けたっていい。私が注文を間違えたってことにすればいいだけだからさ」

彼女は丸くなったフィオナの背中を励ますように叩く。それにフィオナは大丈夫ですと首を振った。

「気にしないでください。これが私の仕事ですから」

「そうかい……」

優しい彼女が気に病まないようにと、フィオナは笑みを作る。これからアルバートにどう扱われるのか不安はあったが、寝こんでいる間に自分の運命を受け入れる覚悟はできていた。

それにもう純潔は奪われてしまったのだから、貴族の娘として普通の幸せを手に入れることはできない。借金だってどうあがいても完済できる目途《めど》もないのだし、それならいまさら境遇を嘆《なげ》くより、将来のことを見据えて働くことを覚えたかった。

まだメイドになって数日だが、この屋敷での使用人の待遇はそんなに悪くないそうだ。給与の支払いはきちんとしていて、無理な労働時間などもなく職場の雰囲気も良い。きっと色々と勉強になるだろう。

今日までアルバートには呼ばれなかったので、簡単なメイドの仕事を先輩メイドから教えてもらい手伝っている。まだまだみんなの足を引っ張るような仕事しかできていないが、めげずに頑張っていきたい。

愛人だけではなく、メイドの仕事も与えられたのは逆に運が良かったかもしれない。ここで仕事をきちんと覚えられれば、アルバートに愛人として飽きられても、紹介状を書いてもらい他所で働けるようにもなるだろう。求人の少ない家庭教師よりよっぽど良い。そのうちに借金返済の方法だって見つかるかもしれない。

「あの、心配してくれてありがとうございます」

彼女の気持ちも解るので、フィオナは素直にお礼を言う。侍女のアンナがいない今、こうやって気にかけてくれる人が身近にいるということは、とても幸せなことだと思えた。

「それじゃあ、これ持っていきますね」

「ああ、いってらっしゃい。でも、辛いことがあったら相談するんだよ。なにか力になれることはあると思うから。それにしても……旦那様も、どうしてこんなこと……」

厨房を出ていくフィオナの背に、彼女は大きな溜め息とともに嘆きの言葉を呟く。

それもそのはず。この屋敷の主人であるアルバートは、とても使用人に慕われているからだ。

平民出身の男は、使用人に無茶な要求をしたり、物のように扱って当たり散らしたりなどせず、彼らをとても大切にしていた。

それはここ数日、屋敷の仕事を手伝ううちにフィオナにも自然と解った。どの使用人の表情も明るく、楽しそうに仕事をしていて、旦那様が喜ぶ顔を見たいと口々に言う。

だからこそ、フィオナの存在は異質だった。使用人を大事にする主人が、まさかメイドを愛人にするなんてと。実際は、愛人として不足だからメイドの仕事もさせるということなのだが、それはそれで酷く虐《しいた》げているようにも見え、彼らは少なからずショックを受けたようだった。

それでも主人の決定なので、さすがに意見することはできず、現在、屋敷には微妙な緊張感が漂っている。

彼らとアルバートとの良好な関係に波風を立てることになってしまったフィオナは、とても申しわけない気持ちでいっぱいだった。せめて彼らが気に病まないよう、少しでも明るく振る舞いたい。

ティーワゴンを慎重に押してアルバートの書斎の前にやっとたどり着いたフィオナは、ほっと肩の力を一瞬だけ抜く。こういうことは初めてなので、失敗しないで給仕ができるか少し心配だった。

用事を言い付けられる前に、一通りのお茶の淹《い》れ方などは先輩のメイドに教えてもらったが、上手くできるか自信はない。でもきっと、目的はお茶でもお菓子でもないだろうから、問題はないはずだ。

旦那様は書斎に引きこもって仕事を始めると、食事は夜までとらない。特に甘いものは好きではないので、アフタヌーンティーを頼まれてもケーキやお菓子は用意しないのだと、女性料理人は言っていた。だから今回の注文は異例で、フィオナを呼びつけるためだけの口実に違いなかった。

三段のティースタンドに載ったケーキやお菓子を見下ろしたフィオナは、もったいないと嘆息した。きっとこのケーキなどは食べてもらえない。そして主人が残した食事は捨てられる運命だった。

自分の運命よりケーキの行く末が心配でならないフィオナは、一度、深呼吸してから重厚な作りの扉をノックした。すぐに入れと返事が聞こえる。

「失礼いたします」

あまり音を立てないようにと気を遣いながら、部屋の中央に進む。部屋に敷かれた絨毯は分厚く柔らかい。足音などを吸収してはくれるが、ティーワゴンの車輪は滑《なめ》らかに進んでくれない。上に載ったティーセットがかたかたと鳴る。

綺麗に飾られたお菓子が、振動で崩れてしまわないか、緊張でティーワゴンを押す手に力が入る。それに食器の立てる音が男の仕事の邪魔をしないか心配だった。

マホガニー製のどっしりとした執務机は窓を背にして置かれ、アルバートはそこで仕事をしていた。机の上にはたくさんの書類や資料が載っていて、散らかっている。椅子の背もたれには、焦げ茶色のラウンジスーツの上着とネクタイが無造作にかけられていた。

ベスト姿のアルバートはよほど集中しているのか、フィオナには目もくれない。それにほっとしつつ、執務机の手前にある軽食をとる時用のラウンジテーブルにティースタンドを載せ、緊張しつつお茶の用意を始めた。

今までは紅茶を淹れてもらう側だったが、今日からは淹れる側だ。散々飲んできたので銘柄や味には詳しいが、アルバートを納得させられるものを淹れられるのかどうか不安だった。

ティーカップの用意を済ませたフィオナは、湯の入ったティーポットを慎重に持ち上げる。ここからが本番だ。言われた通りにと、手順を思い出しながら湯をそそごうとした時だった。

「ひぁっ！　きゃあぁッ！」

後ろから伸びてきた手に、突然腰を掴まれてティーポットを落とした。ガッシャーン、と陶器が割れる音がして辺りに湯が飛び散る。

特にフィオナのエプロンを盛大に濡らした。お湯なので白いエプロンが染みになる心配はないが、薄い布を通して下に着ているワンピースまで濡らす。

「ああ、これは脱がないと火傷《やけど》するんじゃないか？」

わざとらしい言葉とともに、スカートを掴まれる。フィオナは慌ててエプロンの上からスカートを押さえた。

「や、やめてっ……ください っ！」

以前の気分で言葉を発しかけ、今はメイドと主人という関係なのを思い出し慌てて敬語にする。

それにしても、さっきまで執務机で仕事をしていたと思ったのに、いつの間に回りこんだのか。お茶を淹れることに集中していたフィオナは気付かなかった。

顔を真っ赤にして振り返ると、アルバートがにやりと不敵な笑みを浮かべていた。

「火傷でも痕にでもなったら大変だぞ。メイドだけでなく、愛人でもあるんだからな。体は綺麗なほうがいい」

「だっ、大丈夫ですっ。下まで染みてませんからっ！」

フィオナはスカートをたくし上げようとする男の手を牽制しながら、叫ぶように訴える。

事実、メイド服の生地は厚く、下着のドロワーズまでは濡れていない。仕事中の事故なども考え、メイド服の生地はそれなりに丈夫に作られている。お湯を零した程度で火傷なんてするはずもなかった。

だが、火傷を心配して脱がせたいわけじゃない男は、その両手を下半身と胸に移動させて、濡れたスカートの上から太ももを撫でさする。

もう片方の手はエプロンの間に突っこみ、無造作に乳房を揉む。メイド服の下は薄いシュミーズだけで、下着はない。アルバートの指示でコルセットを付けないよう命令されたからだ。

盾になるコルセットがない乳房は、男の手に良いように揉まれる。布をへだてただけで愛撫される感触に、フィオナは顔をしかめて小さく喘いだ。

「んっ……いやぁっ」

乳房を揉みしだく指が、中心の飾りに触れる。その刺激にたちまち硬くなり始めた尖りを、指先で挟んで嬲るように転がされた。

「なにが嫌なんだ？　もうこんなに乳首を立たせて、いやらしい」

アルバートはそう囁くと、耳裏をねっとりと舐め上げて息を吹きかける。背筋がぞくぞくと粟立ち、フィオナは肩を竦めて体を硬くする。

「あぁっ……やめてっ、片づけないとっ。それにお茶の用意もっ」

この期に及んで給仕のことを言い出すと、鼻先で笑われる。

「なんのために呼ばれたか解ってるくせに。いまさらなにを言っているんだ？　君の仕事はそれじゃないだろう」

「いやぁっ……あぁっ！」

とうとう男の手が、メイド服の前ボタンを外して中に侵入してくる。直接肌に触れられ、フィオナは悲鳴のような喘ぎ声を漏らす。

さざ波のような快感が肌の上を撫で、下半身に力が入らなくなってくる。体は初めて抱かれた時の快感を覚えていて、それを期待するように足の間がはしたなく湿り始める。ドロワーズの股がじわりと濡れる感触に膝が震えた。

情けなく座りこんでしまわぬよう、フィオナはティーワゴンの取っ手にしがみつく。その間も、男の手は容赦なくフィオナを嬲り、耳元で意地悪な質問をしてくる。

「ところで、初めてするメイドの仕事はどうだ？　今まで仕えてもらう側だったのが、仕える側になってどんな気分だ？」

「はぁ、んっ……楽しいですよ。みなさん親切ですしっ、ひぁ……んっ」

なにを意図しての質問か解らなかったが、快楽に流されそうになりながらフィオナは素直に思っていることを言葉にした。するとなぜか、男が苛立ったような声を漏らす。

「楽しい？」

「はい……あぁっ、ふぁ……あんッ、とても良い職場だと思います。それに早く色んな仕事を覚えたいし……あぁッ！」

乳房を強く摑まれ、痛みにフィオナは小さく悲鳴を上げた。なぜか男の気配が怒っているように感じた。柔らかい脂肪に食いこむ指の力が増し、フィオナは涙目になって小さく息を飲む。

「なぜ、メイドの仕事を覚えたい？」

「それは……将来のことを考えたら、自活しないといけませんから」

「どういう意味だ？」

アルバートの問いに、フィオナは肩を落として息を吐く。痛いけれど、動きの止まった手にほっとしつつ口を開いた。

「もう財産もなければ、頼れる血縁もいません。それにアル……旦那様に借金があります。今はメイド兼愛人として雇っていただいていても、いつまでもそんな生活は続かないのではないでしょうか？」

「私が落ちぶれるとでも言いたいのか？」

違う意味にとらえたアルバートに、フィオナは首を振る。

「そうじゃなくて……いつか、旦那様が私に飽きてしまう時がくるのではないですか？　という意味です。私だって年老いていきます。今でももう行き遅れた年齢で、女としては若くありません」

淡々《たんたん》と自分の境遇は口にしていたが、心はしくしくと痛んでいた。冷静に見つめるほど、自分の未来に希望など持てなくて、全てにおいて頼れる人がいないことがとても怖かった。

「愛人にするといっても一生ここに置いてはくれませんよね。飽きられた時、愛人をやめたとして、ここでメイドとして働くのも気が引けます」

アルバートを慕っている使用人が多いこの屋敷で、元愛人のメイドとして働くのは居心地が悪い。周りに気を遣われるのも辛い。なにより、もう自分に女としての興味を持たないアルバートの傍にいるのは苦しい。

伯爵令嬢から愛人やメイドにまで身を落とした自分と違い、アルバートはいずれ愛する人と結婚し子供だってもうけるはずだ。そうなった時、フィオナは傍らで普通にしていられる自信がない。

自分が失ってしまった未来や、望んでいた男の隣に居る権利を手に入れる女性を、奥様として迎えてお世話をするなんてきっと耐えられないだろう。自分を抱いたアルバートの腕が、別の女性を抱きしめ慈《いつく》しんで愛する。フィオナには与えなかった愛情をそそぐのを、目の当たりになんてしたくなかった。

想像するだけで、惨めな気持ちになってしまう。フィオナは零れそうになる涙を必死に堪え、男から顔を隠すように俯く。

「だから私は、ここできちんと仕事を覚えたいんです。他の屋敷でメイドをすることになっても迷惑をかけないように、紹介状を書いてもらえるように仕事を頑張りたいと思っています」

当たり前のことだと思った。アルバートにも迷惑がかからない方法だと。

けれど男は、不機嫌さも露わに吐き捨てた。

「私から逃げるつもりかっ？」

気に障《さわ》る言い方だったのだろうか。心配になったが、それを問うことを男の手は許さなかった。

刺激され硬くなっていた乳首に爪を立てられる。痛みと、体を駆け抜ける甘い疼きにフィオナは身悶《みもだ》えた。掴まっていたティーワゴンの取っ手に変なふうに体重がかかり、車輪がガタンッと音を立てた。

「はぁ、あぁ……っ、きゃぁあッ！」

ティーワゴンが倒れる。そのままフィオナも倒れそうになるが、とっさに腰を引き寄せられアルバートの胸の中に抱きしめられていた。

「危ないな……ティーセットが台無しだ」

耳元で嘆息した男の言葉を、淫らな痺れの余韻《よいん》に包まれながら聞く。床を見下ろすと、割れたティーセットの破片が転がっている。

「酷い有り様だな。こんな状態で仕事を覚えられるのか？」

高揚感にぼうっとしていたフィオナは、その言葉にさあっと血の気が引く。

割ってしまったティーセットは、それほど高価なものではなかったはず。令嬢として良いものは見てきたので、それぐらいは解るが正確な値段は知らない。けれど、高級でないと思えるのは伯爵令嬢としての立場だったから。

今の自分の境遇を考えると、とんでもないことをしてしまったのだと蒼白になった。そういえばティーポットも割ってしまっている。最悪だ。

「弁償だな。だが、今の君には払えまい。メイドの給金では、そうそう賄《まかな》える金額ではないぞ」

追い打ちをかけるアルバートの言葉に、フィオナは俯いて震える。原因はアルバートにあるにしても、相手は主人で自分はメイド兼愛人。逆らうことなんてできない。

「だいたい、君がここでメイド兼愛人として働いたとしても、私が肩代わりした借金を完済するなんて無理だ」

「そんなっ……でも、いつかは」

「これだから世間知らずのご令嬢は困る。貸した金には利子というものが付くのが常識だ。今の君の働きでは、その利子分を返済するだけで給金は全てなくなるだろう」

そういえばエドモンド子爵にも利子のことを言われた。利子のせいで、所有財産だけでは借金を返済できなくて、今の立場になったのだ。

「要するに、君は一生私のものということだ。他所で働くなんて、くだらないことを考えるな」

フィオナはショックを受ける。

これから先、アルバートが誰かを愛し結婚し、家庭を築くのを近くで見ていなければならない。その苦痛から逃れることはできないのだ。

絶望感に、フィオナの足が震えた。もう立っていられないと思った時、ふわりと体が浮く。視界が反転し、アルバートの顔がすぐ近くに迫る。

気付くと横抱きにされていた。

「さて、愛人のほうの仕事もしてもらおうか」

冷たい男の声に、フィオナはびくっと体をこわばらせる。気持ちが良いだけではなく、痛かった記憶も引きずり出され怖くなる。またあの痛みを味わうのかと思うと、全身から血の気が引いた。

アルバートはそんなフィオナを冷たく一瞥《いちべつ》すると、部屋の隅に置かれている猫足のカウチに向かう。カウチに張られた布地は深緑にストライプと唐草《からくさ》模様が金糸《きんし》で刺繍《ししゅう》されたシルク素材で、木枠や足にはローズウッドが使われているようだった。

今日はここで抱くらしい。ベッドのように広くなく、柔らかくもないカウチで、この間のように抱かれて大丈夫だろうか。転げ落ちて怪我をするかもしれないと想像し、さらに不安になった。

最後にあれだけ痛い思いをするなら、せめてベッドの上のほうが体が楽だ。でも、そんな我《わ》がままを言える立場ではない。我慢しなくてはと自分に言い聞かせていたところ、そっとカウチに下ろされた。

もっと乱暴に投げ下ろされるのではと思っていたフィオナは、目を丸くする。さらに驚くことに、アルバートがカウチに腰かけたフィオナの前に跪《ひざまず》いたのだ。

「えっ……あのっ」

「うるさいっ。下着を脱いで足を開け」

不機嫌そうな男の命令に、体がびくっと跳ねる。なにをされるのか解らなくて、怯えた四肢がなかなか言うことをきかない。

硬直してなにもできないでいると、痺れを切らした男がスカートの中に手を突っこんで、あっという間にドロワーズを脱がせてしまう。

「ひっ、やぁ……っ」

「愛人のくせして、私を拒否できると思うなよ。それに、今日は痛いことはしないから怯えるな」

「……え？」

言われた意味が解らなくて、呆けた返事をする。アルバートは苛立たしげに口端を歪めて言った。

「だからこの間のような、お前が痛がることはしない。だいたい初めてだと知っていれば、あんなっ……」

最後のほうは口の中でなにやらぼそぼそと呟いていて、よく聞こえなかった。ただ、どこか悔しそうな感じだった。

「ともかく、あんなに強くしめつけられたら私だって痛い。それにまた寝こまれても面倒だからな。しばらくは、君のここを広げることにしよう」

「えっ、いやぁ……っ！」

膝を割り、足の間に体を割りこませたアルバートは、スカートをまくり上げる。腰を前に突き出すように座らされていたフィオナは、下着を付けていないそこを男の眼前に晒すことになった。

濡れ始めていたそこは、とろりと襞《ひだ》を開いて肉芽やその奥にある蜜口をのぞかせる。

「いやぁ、見ないでっ」

「ほう……もう濡らしてるのか。さっきの愛撫だけで濡れるとは、この間まで経験がなかったのに淫乱な体だな」

「そんなこと……っ」

はしたない自分に赤面し、どうにか言いわけしようとするが良い理由なんて思いつかない。それに恥部をじっくりと舐めるように見つめる男の視線に、唇が震えて声が出なかった。

怯えているのとは少し違う。こみ上げる羞恥心に、なぜか体が高揚する。前にも感じた恥辱《ちじょく》が快楽へと変わっていく感覚に、フィオナは戸惑う。

どうしてこんな、はしたない反応をしてしまうのか。それが解らなくて、恥ずかしくて泣き出してしまいそうだった。

男の指先が、まだ閉じている蜜口に触れる。押し開くようにゆっくりと指をあてがわれ、フィオナは思わず喘いだ。

「すごいな。中からどんどん溢れてくる」

男の楽しげな声に、ますますフィオナの羞恥心が煽られる。まるで馬鹿にされているみたいなのに、それに対して濡れてしまうのをどうにもできない。嫌なのに悦んでしまう体を持て余して涙ぐむ。

押し開かれた蜜口はフィオナの意思など無視し、男の指を歓迎するように蜜をしたたらせる。まるでお腹を空《す》かせて涎《よだれ》をたらすかのように。

「あっ、あぁぁンッ！　だめぇ……ッ！」

指が一本入ってくる。蜜口は歓喜《かんき》するように痙攣し、男の太い指を奥に誘いこむように内壁を絡みつかせた。

「少し緩めろ。しめつけが良いのは好きだが、あまりにキツイと入れられないし気持ち良くない」

「ひぁッ、いぁ……っ！　やぁ、やめてぇっ」

中に入れられた指が、かき回すようにぬるりと動く。反射的に声が上がり、体がびくんっと跳ねる。

「あっ、あっあぁんっ、ひぁ、いやぁッ」

男の指が回転し、最奥を突き上げるような動きをするたびに声が切れ切れに漏れる。止めたくてもどうにもならない。高く裏返った声が、書斎に響く。

仕事をする場所だというのに、昼間からこんなことをされているのが恥ずかしい。外に声が漏れてしまっているかもしれないし、誰かに聞かれていたらどうしよう。ふと、そんな考えが脳裏を掠め、なぜか興奮した。

脳が快楽に侵食され、おかしくなってしまったのかもしれない。正気なら誰かに情事を聞かれるなんて堪えられないと思うのに、それが快感を刺激する火種《ひだね》になる。じりじりと体の奥底を炙《あぶ》るように官能が高まり、理性が働かなくなっていく。

その時、男の指がある一点を突き上げた。体が弾かれたように痙攣する。

「やっ、やだぁっ！　そこ、だめぇッ！」

初めて感じる刺激に、フィオナは腰をよじって男の手から逃れようともがいた。その衝撃が、覚えのある感覚だったからだ。

「どう駄目なんだ？　言ってみろ」

「ひぁっあぁ……んっ、いやぁやだぁ、あぁんっ」

アルバートの命令に首を振り、泣き声混じりの喘ぎをひっきりなしに漏らす。そんなこと答えられない。

なのにアルバートは無情にもフィオナの逃げる腰を抱き寄せて、過敏な反応をした場所を執拗に突き上げ、指の本数も二本に増やす。狭い蜜口が広げられる圧迫感にもフィオナは身悶え、狭いカウチの上で逃げ場を探して腰を揺らした。

だがそれは逆に、男の指を深く飲みこむ結果となった。

「やぁ、駄目なのっ、だめだからぁ……お願いっ、やめ、ひぁあッ」

懇願しても、嬲る手は止まらない。むしろフィオナの反応を楽しむように酷くなり、指も三本まで増やされ、中をいっぱいに満たされる。その指が、激しく抜き差しを繰り返して最奥を突いた。

「いやあぁ……ッ！　やめてっ！」

さっきよりも大きくなる、ある感覚にフィオナは泣きじゃくる。それは快感と混じり合い、なんとも言えない刺激でもってフィオナを追いつめる。もう耐えられなかった。

それなのに男はやめるどころか、意地悪な取り引きを持ちかけてきた。

「どんな感じか言ってみろ。そうしたら、やめてやってもいい」

「ふぅ、あぁ……ぅん、でちゃう」

「なにが？」

正気なら言葉にするのも恥ずかしいことなのに、体を支配する快感と切羽つまった状態から逃れたくて答えてしまう。

「漏れそうなの……っ」

いくら理性が飛んでいても、それだけ言うのが精一杯だった。アルバートはそれだけでも解ってくれたようで、小さく笑って頷いた。

だが、あっさりと約束は反故《ほご》にされた。

「いいぞ、漏らしても。手伝ってやる」

「えっ……やぁっ、なんでっ？　やめてくれるって、あ、あぁんッ」

「きちんと答えられなかったからだ。これはお仕置きだ」

中を埋める指が、変な感覚を生む場所をまた刺激する。フィオナはとうとう泣き出したが、男は面白がるようにそこばかり強く突き上げる。

「やぁ、やめてぇッ、ひぁッあぁぁッ」

「大丈夫だから。そのまま、いってしまえばいい」

アルバートのいつになく優しい声がしたが、言われている意味が解らない。

「気持ち良くなれるぞ」

そう言うと男は指を引き抜いて、フィオナの足を肩に担ぐとその間に顔を埋めた。

「きゃぁっ……やだぁ、なに？　なんで……きゃ、あぁぁンッ！」

あまりの光景に驚いて、快感もなにもかも吹き飛ぶ。けれど、男の舌で恥部を舐め上げられると、体はすぐに快楽を拾って力が入らなくなった。指で弄られる以上の甘い痺れが、体の芯を駆け抜ける。

けれどその気持ち良さに流されることができない。そんな恥部を舌で直接愛撫されるなんて、フィオナには受け入れがたい現実だった。

「ひっ、あぁ……だめっ、汚いっ」

やめてやめてとお願いするが、甘さの混じる声では誘っているようにしか聞こえない。当然、男はやめてくれるはずもなく、くちゅくちゅとわざと濡れた音を立てて蜜にまみれた恥部にしゃぶりつく。

逃げたくても、足を抱え上げられていてはどうにもならない。爪の先でカウチを引っかき身をよじるが、腰がずり落ちて男に向かって恥部を突き出すようになってしまう。ますます逃げることが難しくなってくる。

その間も、蜜口を蹂躙する舌の動きは止まらない。フィオナはただ、声を上げるだけしかできなくなっていた。もう汚いだとか、そういうことを考える余裕もない。

もっと気持ち良くなりたくて、自ら腰を揺らし、恥ずかしい場所を男に差し出す。理性はとっくに消えかけていた。

そのうち舌が、襞をかき分け肉芽を集中的に嬲り始める。感じて硬く張りつめたそこは、男の舌で弄《もてあそ》ばれるのを待っていたかのように甘く震えた。

「あっ、あぁんっ……いいっ」

思わず本音が唇から零れる。それを聞いた男の愛撫がより激しくなるが、フィオナは自分がなにを言っているのか自覚がなくなっていた。

肉芽を強く吸い上げられると、体がびくびくと震える。すかさず舌先が蜜口をこすり、その刺激に悶えた。この二つの快感が重なり合い、フィオナを高みへと導いていく。

「あんっ、あぁぁっもっと……ぉ」

媚びるような声が自然と出る。するとそれに応《こた》えるように、男が強く肉芽を吸い上げ甘噛みした。

「ひんっ、はっ……あぁぁっ！」

目の前がちかちかするような感覚に襲われ、四肢が震えた。蜜口も痙攣する。

その快感は、一回では終わらずにアルバートに舌で愛撫されるたびに押し寄せて、フィオナを翻弄する。しかもどんどん感度が増し、もっと気持ちが良くなってくる。

けれど同時に、腹の奥に澱《おり》のように甘ったるい疼きが溜まっていき、それが解放されないことにフィオナの体が焦れる。そして、そのもどかしさがさらなる快感を生む。

息が乱れ、悩ましげに眉根が寄せられる。どこもかしこも性感帯になってしまったように、肌がざわついて過敏になっている。ちょっと触れられるだけでも泣きそうなほど感じた。

「はっ、あぁ……もっ、やぁ。苦しいっ」

快楽も過ぎれば苦痛になるらしい。頭がおかしくなってしまいそうな感覚に、アルバートに泣きついて助けを求めた。

すると男は肉芽を甘噛みして舌先で転がしながら、引き抜いてから腿《もも》を撫でていた指を蜜口に一気に捻《ね》じこみ最奥を突き上げた。

その瞬間、体がふわっと押し上げられるような感じがして、体の奥に溜まっていた甘い熱が弾ける。びくんっ、と震えて背筋が反り、指をくわえた蜜口がきつくしまった。

「あぁ――ッ！」

緊張の後、四肢からかくんと力が抜けて弛緩《しかん》する。フィオナは肩で荒く息をつきながら、ぼうっと中空を見つめた。甘い余韻が、まだ腰の辺りに漂っている。

「はぁ……。あっ、ん……っ」

指が抜ける感覚に声が漏れた。体を起こした男が、満足げな表情で濡れた唇と指をハンカチで拭い、フィオナの顔をのぞきこむ。

「気持ち良かっただろう？　さっきのが、いく感覚だ。よく覚えておきなさい」

「いく……？」

あの体が浮き上がり、快感が解放されることをそう言うのだろう。

気怠く瞬きするフィオナの頰を、男の手が優しく包みこむ。そしてとても甘い声で言った。

「これから毎日、こうやって体を慣らしてあげよう。そのうち、自分から中にほしいと言い出すようになる」

近付いてくる顔に、フィオナは静かに瞼を閉じた。快楽の余韻なのか、男に甘えて口付けたくて仕方なかった。

もう、アルバートをほしいと体が求めているようだった。

4　復讐者は罰を与える

書斎の窓から、ちょうど中庭が見える。メイド服姿のフィオナが、危なっかしい様子で本の塔を運んでいた。分厚く重そうな革張りの本は、フィオナの目線の高さぐらいまで積み上がっていて視界を塞いでいる。

あれでは前が見えなくて、人や物にぶつかって怪我をする。一度に運ぼうとしないで、分ければいいのにとアルバートは内心苛立った。

だが、そもそも図書室から資料の本を持ってこいと命令したのは自分だ。特に使う用事はないが、わざと重い本ばかりを選んでメモを渡した。子供じみた意地悪をしている自覚はある。こんなくだらないことをするのは、ただフィオナの困る顔を見たいからだった。

再会した時にも思ったが、少女の屈辱に歪む顔が見たい。その欲求を満たしたくてのことだが、アルバートの思惑は一向に成功する兆《きざ》しはなかった。少女が想像以上に忍耐強いとか、無表情というわけではない。怯えたり泣いたり困ったり、たまに惨めそうに眉根を寄せて涙ぐんだりもする。

屈辱ではないが、恥辱に歪んだ顔はベッドや書斎のカウチの上で何度も見せてもらっていた。

それなのに、なぜかアルバートの心は晴れない。それどころか、自分のしていることに嫌気がさしていた。

なぜ、こんなくだらないことをしているのだろうと。

なのにフィオナに意地悪をする自分を抑えられない。昔のことが許せないからだとは思うが、それならもっと別の復讐方法がある。現状でも、少女を貶めて慰み者にしているのだから充分なはずだった。

けれど、フィオナを虐《いじ》めたくなる衝動は日増しに強くなり、虐めても満たされることがない。そんな自分にもアルバートは苛立っていた。

この感情はいったいなんなのだろう。

結局、フィオナに振り回されていて面白くない。アルバートは窓ガラス越しに、えっちらおっちら歩く少女を睨み付ける。今にも転んでしまいそうな姿に、やっぱりむしゃくしゃする。

なぜ分けて運ぶということを思いつかないのか。これだから元令嬢は駄目なんだ。あのままでは転んでしまう。

アルバートを伯爵家から追い出したような性悪のはずなのに、変なところで要領が悪い。これだから心配に……。

「旦那様、聞いておられますか?」

己の考えにふけっていたアルバートは、家政婦の静かな声にはっとして振り向いた。いかにも神経質そうに白髪をきっちりとまとめ、モスグリーンの地味なドレス姿の家政婦が、こちらを冷めた目で見ている。

表情のない視線はいつものことなので、気にならない。だが、今日に限ってはどこか責めているような色が、灰色の目に混じっているように感じた。

彼女はアルバートの義父が最初に雇った使用人で、この屋敷で一番の古株だ。主人であるアルバートより屋敷のことをよく把握《はあく》していて、人間関係の調整や個人の能力に応じた仕事の振り分けにも長けている。

人を見る目があるのだろう。その鋭い観察眼を、アルバートはたまに怖いと思う。使用人に慕われる主ではあるが、実際はプライドが高くて見栄っ張りで、腹の内は真っ黒とまではいかないが汚い。それを隠すために普段は紳士の仮面をかぶっていることを、見透かされているような気持ちになる時があるからだ。

「ああ……聞いていたよ」

まったく内容は覚えていないが、アルバートは笑みを浮かべて嘘をつく。

今日は月一回の定期報告の日だ。家政婦から屋敷のことについて色々と報告を受けるのだが、だいたいいつも同じ内容で、特に変わったことは起きない。先月も特になにもなかったので、問題のない報告だろう。

「今後ともその調子でよろしく。いつもありがとう」

毎月、報告後に言う労《ねぎら》いの言葉を口にする。すると彼女は、わずかに眉根を寄せて嘆息《たんそく》した。

「やはり聞いておられませんでしたね。これから、屋敷で今起きている問題についてお話ししようとしていたのですが」

「……そうだったのか。すまない。聞き間違えをしていたようだ」

誤魔化すように張り付いた笑みを浮かべると、家政婦は淡々とした調子で切り出した。

「問題は、働き始めて一か月になるフィオナのことです」

面倒事は嫌だなと思って聞いていたアルバートは、少女の名前に表情を引きしめた。

「彼女がなにかしたのか？」

主にアルバートのお世話と称した性処理の相手をさせているが、常時そういうことをしているわけではない。仕事が忙しい時や疲れている時もある。そういう場合、フィオナには普通のメイドと同じ仕事をさせていた。

もちろんその中に、性的なこと以外でのアルバートの身の回りの世話というのも含まれているが、他のメイドに混じって屋敷の中の仕事を手伝うこともあった。

アルバートの世話に関しては、特に問題を起こしてはいない。下手なりに一生懸命で、最近ではずいぶん使えるようになってきた。

食器類を割ったりの失敗はあるが、その原因はたいてい自分なので問題にするつもりはない。ただ、虐める口実などに使って責めることはあった。フィオナが戸惑い怯える様を見るのが楽しいからだ。

それにしても、元は令嬢だったと思うと、文句も言わずに仕事をこなす様は健気なものがある。つい、虐げていることに罪悪感を抱いてしまうほどだ。

だが、それも男を籠絡《ろうらく》するための演技かもしれない。処女だったのにはかなり驚いたが、そういう遊び人の女もいる。なにも挿入《そうにゅう》しなくても、性行為を楽しむことはいくらでもできる。純潔だけは結婚のためにとっておくのだ。

結婚の見こみの薄いフィオナが処女だったのは、そういう縛りが無意識にあったからかもしれない。それか、おこがましくも結婚できると思っていたか。

やはり図々《ずうずう》しい女なのだろうかと、アルバートは顔をしかめる。

「屋敷の仕事で、取り返しのつかない失敗でもしたか？」

所詮は元伯爵令嬢。メイドの仕事はどれも慣れないものばかりだろう。さぞや周囲の足を引っ張っているに違いない。

それで辛い思いでもすればいい。相手を不快にするような発言をして、周囲から孤立して自分の惨めさを思い知ればいいと思って、メイドの仕事をさせた。

だが、いざフィオナが問題を起こしたと聞くと、なぜか心がざわついた。緊張し、我がことのように不安になる。

だがこれは決して心配などではない。迷惑をかけられている使用人に対して、申しわけないと思っているだけだ。そう、アルバートは自身に言い聞かせる。

すると家政婦は、失敗なんてしていませんと首を振った。

「では、人間関係か？」

やっぱり虐められているのだろうか。アルバートの思惑通りだというのに、苛立ちが増してくる。

あれを虐めていいのは自分だけだ……。

どういう理由であれ、他人がフィオナに触れることを想像すると怒りがわいた。それがなぜなのかは、深く考えたくなかった。

表情を読まれたくなくて、家政婦に背を向け窓の外を見下ろす。フィオナがまだ本を運んでいた。

アルバートは極力、興味がないふうを装って聞く。

「仕事ができなくて、嫌われたりしているのか?」

「いいえ、そんなことはありません」

家政婦の返答に少なからず驚く。目を丸くし、思わず彼女を振り返った。

「じゃあ、なにが問題なんだ」

それ以外に問題になることを思いつかなかった。するとあまり感情を表さない家政婦が、解らないのかとでも言うように微かに眉をひそめた。

「気付いておられませんか? 最近、屋敷の者たちが戸惑っていることに」

「いや……なにか困ったことでも起きているのか?」

「困ったこととは少々違いますが……問題は、旦那様のフィオナへの接し方についてです」

遠回しな言い方だったが、要するにメイド兼愛人のことについてだろう。そこまで言われて、アルバートはやっとなにが問題なのか気付いた。

「……みんなは、私の対応が気に食わないということか」

「いいえ、そこまでではありません。戸惑っているのです。屋敷の者はみな、旦那様を信頼し慕っております。なのでメイドを愛人のように、しかも他の使用人に比べ酷い仕打ちをしていることにショックを受けております」

家政婦の言葉は耳に痛かった。アルバートは渋い表情で、再び彼女に背を向ける。

窓の外のフィオナは、中庭の真ん中で庭師の若い男に声をかけられ立ち止まったところだった。その様子から視線は外さないまま、家政婦の話を聞く。

「フィオナはとてもよく仕事をしております。真面目で先輩メイドの言うこともきちんと聞き、体が疲れているだろうに寝坊もしないで仕事にきます」

暗に強引な性行為のことを責められていた。だが、アルバートはフィオナに眠かったら朝からメイドの仕事はしなくていい、休んでいろと言ってある。家政婦にもその話は通してあるので、少女が寝坊しようがメイドの仕事をサボろうがお咎めなしだ。

それなのに、フィオナは毎朝きちんと定時にメイド服を着て仕事を始めるのだと、家政婦は言う。初めて知ったアルバートは困惑する。

だからたまに酷く疲れたような顔をしたり、行為の最中や最後に気を失うように寝てしまうことがあるのか。そういえば、最初に抱いた時に比べて痩《や》せてきている。

「旦那様、失礼を承知で意見いたします。フィオナに酷いことをなさらないでください。それから愛人はやめさせて、メイド業にだけ専念させてやってください」

なんだって、と腹立たしく思ったが、アルバートは窓の外に釘付けで言葉が出ない。

フィオナは庭師となにやら笑顔で会話をしている。楽しそうになにを話しているのか。一歩前に踏み出し、窓に貼り付かんばかりに中庭を見下ろすが、当然、二人の声など聞こえない。

「フィオナは元伯爵令嬢だけあって、教養も高く立ち居振る舞いも優雅です。性格もとても良く、他のメイドたちからも評判が良いです」

それはあの女狐《めぎつね》に騙されているからではないか。そう思ったが、やっぱり言葉にならない。それよりも、フィオナと庭師が気になって仕方がない。

庭師は、フィオナが持っている本の塔を半分以上ひょいっと奪って歩き出す。少女はそれに慌てて、庭師の背中を追いかけながら叫んでいる。待ってとか、自分で持てるとか言っているようだった。

「あの子なら、メイドとして出世することができるでしょう。それか、上流階級の出身ですから家庭教師にだってなれます。求人が少ないとはいえ、うちから紹介状を持たせてやれば職を見つけることも易しくなります」

さっきから家政婦の言うことに苛々する。だがそれ以上に、窓の外の出来事はアルバートを不愉快にさせた。

最初、渋っている様子だったフィオナが笑顔になる。本を持ってくれた庭師に、お礼を言っているようだった。自分には向けないような笑顔で……。

胃がムカムカしてきて、頬の筋肉がぴくぴくと痙攣する。そんなアルバートに、家政婦が追い打ちをかける。

「主人の慰み者にされているのが解っている状態で、このままこの屋敷で働き続けるのは可哀想です。フィオナが良い子だからこそ、周囲も不憫に思い旦那様への信頼も揺らいでおります。このままでは、屋敷内の空気が悪くなります」

とうとうフィオナは、庭師とともに建物の中に姿を消した。アルバートの書斎に向かってくるはずだが、途中、二人がどこかで寄り道をしないとも限らない。

「フィオナを解放してやってください。メイドとして立派に仕事を覚えさせれば、彼女ならどこのお屋敷でも雇ってもらえ……」

家政婦が全てを言い終える前に、アルバートは窓の横の壁を殴りつけた。ドンッ、という大きな音に家政婦が黙りこむ。

アルバートは大きく息を吸って吐く。だが、そう簡単に怒りは収まってくれなかった。

「フィオナをよそにやるつもりはないっ！　くだらないことを言って、時間をとるなっ！」

今まで、家政婦に対してこんなふうに怒鳴ったことはない。振り返ると、彼女は息を飲み緊張していた。それでも、相変わらず感情を顔に出さない家政婦を、大したものだと思う。

「あれは確かに教養もあって貴族出身だから家庭教師にはもってこいだろう。だが、あんなに優れた容姿では無理だ。職に就いた先で、色恋沙汰になって問題を起こす。メイドでも同じことになる。そんな人間に紹介状を書けるかっ！」

家政婦に向かって叩きつけるように言う。ただの八つ当たりだ。

だが、言っていることはこじつけでもない。あの容姿では、どこにいっても目立つだろう。屋敷の主人や息子に手を出されることは明白だ。

それかあの毒婦のことだ。屋敷の主人をたぶらかして、なんてことも有り得る。そんな問題児を、アルバートの紹介で他家になどやれば、後々なにか起きた時に恨まれることになるだろう。

「あれは、私の愛人をするぐらいがちょうどいいんだっ！　メイドの仕事もさせたのは間違いだった！」

そう言うと、怒りを鎮めるように執務机をバンッと叩き、俯いて深呼吸する。その間、家政婦は緊張した面持ちで動かずにいた。

「……すまない。怒鳴るような話ではなかったな」

少し落ち着いてくると、自分の動揺ぶりが恥ずかしくなった。取り乱したことに、この家政婦なら気付いているだろう。

とんだ醜態《しゅうたい》だ。だからフィオナのことが嫌いだった。

今も昔も、アルバートの人生を狂わせる存在だ。そのくせ魅惑的な容姿と純粋そうな雰囲気で人を誘惑し、簡単に切り捨てられないようにする。

「フィオナをここに呼んでくれ。すぐに」

息を整えて顔を起こす。いつも通りの自分を取り戻すように、背筋を伸ばした。

「メイドは辞めさせて、愛人だけにする。それと、今夜のパーティにフィオナを連れていくから、ドレスの手配をしてくれないか」

アルバートは乱れた前髪をかき上げ、いくつか用件を付け加えて命令する。家政婦はもう特に意見することもなく、いつもの無表情でかしこまりましたと返事をして部屋から出ていった。


「んっ……ぅ」

緋色の絨毯の上を一歩踏み出すごとに、下から攻めてくる甘い疼きにフィオナは俯いて唇を噛む。視線の先では、ブルーの生地に銀糸で精緻《せいち》な刺繍をされたドレスのスカートが揺れている。こんな状態でなければ、久々に着たパーティ用のドレスに心も弾《はず》んだことだろう。

長いプラチナブロンドの髪が、夜会の盛装用に高く結い上げられているのも悔しい。こんなはしたない顔を、多くの人間に晒したくなんてないのに。具合が悪いように見えることを願うしかない。

「変な声を出すなよ。私まで恥をかくからな」

エスコートする男が、耳元でからかうように囁く。耳朶に当たるそのくすぐるような吐息さえ、フィオナの肌を震わせる。

横目で睨み付けた男は、涼しげな表情でミッドナイトブルーの燕尾服《えんび》を隙なく着こなしていた。伸びた背筋は美しく、広い肩幅から腰にかけてのラインにはしたたるような男の色気がある。けれど優男《やさおとこ》には見えない堂々とした雰囲気に、周囲の女性の視線を集めている。

それに比べてフィオナは、周囲を恐れてびくびくしていた。

ドレスから露出した部分が、不自然に赤く染まっていたらどうしよう。その体の変化で、フィオナが今どういう状態か露見するのが怖かった。

身を隠すように背を丸くし、アルバートにぴったりと寄り添う。そんなことをしても人々の視線から逃れることはできないし、逆に目立ってしまうというのに、心細さに男の腕をぎゅっと握りしめた。

「そんなにいいか、アレは？」

「ちが……ンッ」

うっかり声が漏れそうになるのを、グローブに包まれた手で口を覆って止める。アレとは、フィオナの蜜口に埋められた真珠のネックレスのことだろう。

足を閉じると、冷たい金具《かなぐ》が内腿に当たる。真珠のネックレスは、真ん中で折られ留め具部分が外に出るようにフィオナの中に埋められていた。

昼間、アルバートの言い付けで図書室から本を運んでいたフィオナは、急に書斎に呼び戻された。本は、言伝《ことづて》にやってきたメイドが返却するよう命令されたと言う。

わけが解らないまま急いでアルバートのもとに戻ると、今夜のパーティに出席すると告げられた。当然、アルバートだけが出席するものと思い、すぐに燕尾服の用意にとりかかろうとしたところ、違うと呼び止められる。

フィオナも出席するのだと、アルバートに不機嫌そうな面持ちで告げられ首を傾げた。なぜなのかと聞く前に、書斎にやってきた家政婦によって別室へ連れていかれた。

そこには何着かのドレスがかかっていて、数人のメイドがコルセットやスカートの後ろを膨らませるためのバッスルを用意して待っていた。

それから、あれよあれよという間にドレスに着替えさせられ、ちょっとしたサイズのお直しや裾上げをするために脱がされる。そしてお直しが終わると、またドレスを着せられて髪を結い上げ、化粧《けしょう》までされた。わけを聞きたかったが、時間がないのか家政婦もメイドも忙しそうで、下手に声をかけられる雰囲気ではなかった。

フィオナとて、パーティに出席したことがないわけじゃない。女性の用意にそれなりに時間がかかるのは解っている。しかも急に出席が決まった上にドレスの用意がないのならば、それを準備するためにかなり忙しいことも。

着せられたドレスはどれも既製品で、オートクチュールではない。そのぶん体に合っていないので、細かくお直しをする必要がある。そのままでも問題はないが、いかにも借り物や既製品に見えてしまうドレスを着ることは恥ずかしい行為だ。特に、女性を連れている男性に恥をかかせてしまうことになる。だから、それなりの地位にある男性に連れられる女性のドレスは、オートクチュールが望ましい。

これはフィオナをエスコートするアルバートの面子《めんつ》に関わることだ。それなのに、なぜこんな急に決定したのか……。

お直しされたドレスは、フィオナの体にぴったりになっただけでなく、ところどころ飾りを付けたりしてデザインをちょっとずつ変えていた。これで完全な既製品というわけでもなくなって、それなりに男の面子も保たれるだろう。

そしてこれら全ての用意が終わったのは、奇跡的に出発の一時間前ぐらいだった。パーティの開始時刻だけは聞いていたので、それまで終わるのか気が気ではなかった。

そんなフィオナが、ドレッサーの前でほっとして一息ついていると家政婦が臙脂《えんじ》色の布が張られたアクセサリーケースを持ってやってきた。開くと、そこには真珠のネックレスが入っていた。

アルバートが急遽《きゅうきょ》、デパートからドレスと一緒に取り寄せたものだという。ドレスは既製品の急ごしらえだったが、この真珠《しんじゅ》のネックレスは一点物だそうだ。真珠の粒はそんなに大きくなく中ぐらいの大きさだが、照りや巻きは素晴らしいもので、良いものを見て育ってきたフィオナが一目で高級品だと解るネックレスだった。

家政婦は、フィオナの首に巻いたネックレスの金具を留めながら、アルバートからの贈り物だと言った。驚きに彼女を振り返るが、それ以上の説明はなく家政婦はしずしずと下がっていった。

フィオナはドレッサーの鏡に映った自分の首元を見つめ、頬を染めた。アルバートからの初めての贈り物に、胸がときめいた。

きっと男にとってこの贈り物に深い意味はない。自分が恥をかかないために揃えた材料ぐらいにすぎないだろう。

それでも嬉しいと感じた。高価で希少性の高い真珠だからではない。たとえ道端の石ころでも、アルバートが自分のために用意してくれたものならば宝物だ。

けれど、しばらくしてアルバートが部屋に入ってくると空気は一変した。

男の放つぴりぴりとした緊張感を察して、家政婦やメイドがそそくさと部屋から出ていく。

取り残されたフィオナは、なんとも言えない不安を感じて男を見上げた。アルバートは不機嫌そうな表情で腕を組み、扉の近くに佇み口を開いた。

なぜか中庭で庭師と話していたことを問いつめられる。

特に怒られるような会話はしていないはずだ。天気のことや仕事のこと、人間関係には慣れたかなどフィオナを気遣う内容で、それに当たり障りのない返答をした。

その内容を素直に告げたところ、本を半分持ってもらっただろうと責められた。誰が、他の使用人に手伝ってもらっていいと言ったかと。

まさかそんなことで不興《ふきょう》を買うと思っていなかったフィオナは困惑した。そんなにいけないことだったのだろうか……。

アルバートの言っていることは、なにがどうとは上手く説明できないが、理不尽に感じた。そこからほとんど因縁《いんねん》のような言葉が続き、フィオナは耐えきれずに泣いてしまった。

せっかくしてもらった化粧も崩れ、庭師から受けた親切も否定されて腹も立った。

思えば、なれない生活に適応しようと自分なりに頑張っていて、精神的に追いつめられていたのだろう。急に怒りが爆発し、泣きじゃくりながらわめいた。

庭師はアルバートに比べてとても優しいとか、こんな腹黒い主人とは違って親切で素敵な人だなどと言った。他にも溜まっていた不満をアルバートにぶつけた。

その間、男は彫像《ちょうぞう》のように固まっていて、心なしか顔色も悪かった。

高圧的に怒鳴り返されるかと思っていたフィオナは、男が大人しいのをいいことに感情を激化させた。最後に、パーティになんて行かないと叫び、首につけられていた真珠のネックレスを乱暴に外して、アルバートの胸に押し付けていた。

本当は、素敵な贈り物をありがとうと言うつもりだったのに、口から零れたのは「こんなものいらない」という可愛げのない言葉だった。

その途端、それまで静かだったアルバートが急に動いた。気付いた時にはベッドに押し倒されていて、上から怒りを押し殺したような暗い目でじっと見下ろされ、あまりの威圧感に言葉を失った。

そんなフィオナに、アルバートは「メイドは辞めてもらう。君は私が買ったのだから、私のものだ。私だけ見ていればいい。他の男と会話なんてするな」と低い声で恫喝した。それから愛人に戻すと宣言し、男の凄みに震えているフィオナのスカートをまくり上げ、お仕置きをすると言って恥部を弄りだした。

気持ち良さなどなかった。ただ怖くて、どうしてこうなってしまったのか、自分のしたことを後悔した。どんな酷い目にあわされるのかと怯え、感じるどころではない。

けれど弄られれば自然と恥部は濡れてくる。そして、そんなフィオナの体の中に、アルバートは真珠のネックレスを埋めこんだ。最初、快感はなく、ただの異物感しかなかった。男の威圧感に、すっかり震え上がっていたせいだろう。

ドロワーズをはかされ、ドレスを簡単に直されてメイドを部屋に入れられた時も、なんともなかった。それより体の震えを収めるほうが大変だった。

パーティの開始時間はすっかり過ぎていたが、それから再び化粧を直され髪を整えられて馬車に乗せられた。こんな気分と状態で、パーティになど行きたくなかった。でも、逆らうすべなどフィオナにはない。ずっと無言のままの男も怖かった。

だが、緊張して馬車に揺られているうちに、中に埋められた真珠が微妙な振動でフィオナを刺激するようになった。体が緊張していたせいもあるのだろう。無駄に真珠をしめつけ、飲みこむように中を絡みつかせた。

この一か月で、男に調教され中を広げられた体は、真珠が蜜口を擦る感覚や中でうごめく刺激に快楽を拾い始めた。馬車の揺れも手伝い、快感に悶えるようになるのはあっという間だった。そんなフィオナの状態に気付いた男が、横から手を出して悪戯《いたずら》を始め、それはパーティ会場に馬車が着くまで続けられた。

もう息も絶え絶えで、パーティなんて無理だからと懇願したが許してもらえず、これからがお仕置きの本番だと耳元で囁かれ、馬車から抱きかかえられるようにして降ろされた。乱れた息が落ち着くまで少しの間、馬車の中で休ませてもらえたのはお情けだろう。

そして今、会場のホールまで続く長い絨毯の上を歩かされている。一歩踏み出すたびに、下から突き上げるような快感が背筋を駆け抜ける。涙で目は潤み、頭はぼうっとして思考がまとまらない。もう、どこをどう歩いているのかも解らない状態で、アルバートに頼るしかなかった。

フィオナを追いつめたことで男は満足したのか、とても気分が良さそうだ。このお仕置きはとても酷いが、さり気なく腰に腕を回し、転ばないように支えてくれたりはしている。

「さあ、ホールに着いたぞ。いい加減、背筋を伸ばせ。私に、恥をかかせるな」

この状態で、その言葉はとても残酷だった。やっぱりまだ怒っている。お仕置きはまだ終わらないようだ。

これ以上、酷いことをされたくない一心で、フィオナはなんとか背筋を伸ばして顎を引き、ホールの扉をくぐった。快感に支配されているフィオナは、ただ真っ直ぐに歩くことだけに集中していた。少し周囲の視線が気になりはしたが、それはホールに入ってきたことで、誰もが向けられる注目程度に思った。

それに、別の理由で注目されていたとしても、今のフィオナには他に注意を向ける余裕などない。前を向いて歩いていても、その視線の焦点は合っていなかった。

エスコートされるままにぼうっと歩いてると、紳士淑女が立食《りっしょく》しながら歓談《かんだん》している場にアルバートが向かう。フィオナが躊躇《ちゅうちょ》して足を止めようとすると、ぐっと強く手を引かれる。

「こっちだ」

「え……いやっ！」

この体の状態で、人の多いところになんて行きたくない。けれど戸惑うフィオナの腰に男の腕が回り、強引に引き寄せられた。

「……ひぅッ」

衝撃に中の真珠がごろりと動く。その瞬間走った淫らな痺れに視界が揺れ、腰が抜けてしまいそうになる。すかさずアルバートの腕に支えられるが、立ち止まってはもらえなかった。

「しっかり歩け。こんなところで座りこんだら恥だぞ」

無情な言葉を耳元で囁かれ、腰を支えられて引きずられるように歩かされる。足はもつれ、転んでしまいそうだったが、幸いドレスの長い裾のおかげで周囲にそれを悟られることはなかった。

フィオナは小刻みに震える唇を噛みしめ、なんとか自力で歩を進める。なるべく振動が起きないようしずしずと歩くが、中に埋められた真珠は足が前後するだけでも動いて、敏感になっている体を責め苛む。

救いだったのは、アルバートが少しだけ歩調をゆっくりとしたものに変えてくれたことだけ。だが、そんなものはほんの気休めにしかならなかった。

快楽に苛まれながら進んでいくと、軽食やデザートの載ったテーブル、それに立ち止まって歓談する人が増えてくる。真っ直ぐ歩くだけでも辛いのに、テーブルや人を避けて進むのは今のフィオナにはとても酷なことだった。

テーブルに載った色とりどりのケーキやツリー状に飾られたマカロン。芳醇《ほうじゅん》な香りを放つ瑞々《みずみず》しい果物。甘いものが好きなフィオナは、常ならばこれらに目を奪われたことだろう。

でも今は、大好きなお菓子や果物が憎らしかった。どうせ食べられないのだから、テーブルごとなければいいのにと思う。

あの時、真珠さえ突き返さなければ……。ふと、後悔が胸をよぎる。

アルバートは不機嫌だったけれど、真珠を中に入れるような酷いことまではしなかっただろう。あそこでフィオナが堪えさえすれば、今夜のパーティを少しは楽しめたのかもしれない。お菓子や果物だって食べられたかもしれなかった。

だが、そんな甘い想像はすぐに打ち砕かれた。

「これは、アルバート卿。お久しぶりです」

唐突にかけられた声に、フィオナはびくっと体をこわばらせた。急に立ち止まったことで、中の真珠が動いて変な声が漏れそうになる。慌てて唇を噛んで、軽く俯いた。

「こんばんは、侯爵《こうしゃく》。珍しいですね……」

アルバートがにこやかに受け答えをする。どうやら知り合いらしい。

仕事のことについて話しているようだったが、フィオナにはなんのことか解らなかった。解ったとしても、体を翻弄《ほんろう》する真珠のせいで会話に集中することなどできなかっただろう。

「ところで、アルバート卿。こちらのお綺麗なお嬢様は?」

男が興味津々といった雰囲気で紹介を求めてきた。さっきから、ちらちらと視線は感じていたので当然の流れだろう。

それまで、ぼうっと二人の会話を聞いていたフィオナはにわかに緊張した。

アルバートは自分のことをどう紹介するつもりなのだろう。事前になにも教えられていなかった。

ちらりと横目で男を見上げる。アルバートは口端を曲げ、皮肉っぽい笑みを浮かべて言葉を探しているようだった。

まさか、愛人だと言うつもりだろうか。

想像してフィオナは青ざめる。愛人になる覚悟はしたつもりだったが、公衆の面前で愛人と公言されることには抵抗があった。

けれどノースブルック伯爵令嬢として紹介されることも嫌だった。伯爵家が没落したのは周知のことだろう。その令嬢を婚約者でもないのにアルバートが連れているとなれば、どんな噂をされることか。愛人に身を落としたのかと、好奇の目で見られることは必至だろう。

いまさらなのに、伯爵令嬢として生きてきたプライドが顔をのぞかせる。恥ずかしいと訴え、屈辱だと感じてしまう自分がいた。

ずっと田舎で療養していたフィオナのことなど覚えている人間はいないだろう。社交界デビューも一回きりで、あれから五年もたっている。

それなのに怖かった。フィオナを知っている人間が現れ、なにか言うのではないかと。

さっきまですっと伸びていた背筋から力が抜け肩が落ちる。周囲を恐れるように、全身がこわばっていた。

真珠がなくても、これではパーティを楽しむことなんてできない。

今のフィオナにとって、自分の過去に関わる人間がいるだろう場所は、どこも平穏では有り得ないのだ。そんなことも考えつかなかった自分は、なんて愚かなのだろう。

「アルバート卿、紹介してはくれないのかな？」

なかなか返事をしないアルバートに、相手の男が焦れたように催促《さいそく》する。

「もしや婚約者ですか？　とうとう身を固める気になったとか？」

男はフィオナの容姿を褒め称え、アルバートが落ちるのも無理もないとおべっかを言う。それに周囲の視線が集まってくるのをフィオナは感じた。

「きっとたくさんのご婦人が泣くことになるでしょう。卿は、女性に人気がある」

「やめてください。彼女はそういうのでは、ありませんから」

アルバートは苦笑し、表情をこわばらせるフィオナを見下ろして言った。

婚約者ではないと解った男は、フィオナに不躾《ぶしつけ》な視線を向けてくる。まるで娼婦《しょうふ》かなにかを品定めするような目つきに、居たたまれなくなった。

「では、どういったご関係で？」

「さあ、なんでしょう？　ご想像にお任せします」

アルバートは鼻先でふっと笑い、曖昧に返す。それに男は、なにか納得したように頷いてにやにやした。

愛人だとでも思ったのだろう。

だがそれは、はっきりと愛人だと宣言されるよりも惨めだった。考えすぎかもしれないが、アルバートに愛人と公言するのも嫌だと、暗に言われたような気がしたからだ。

滲んでくる涙に、目の前がぼやけた。

真珠を埋められて玩具《おもちゃ》のように扱われるだけでなく、人前で愛人以下の存在として連れ回される。まるで見世物だ。いっそ愛人だと言ってもらえれば、これ以上好奇の目に晒されないですむのに。

悔しくて悲しくて、引き結んだ唇が小刻みに震える。この場から逃げ出して、泣きたかった。けれどフィオナは涙を堪え、理不尽な快感にも耐えながら、アルバートに付き従った。

逃げることを男は許さないだろうし、フィオナにも意地があったからだ。

それからアルバートは、次々に現れる知り合いに挨拶をして回った。フィオナの体のことなどお構いなしに連れ回し、関係を聞かれれば曖昧な返事や笑みを返して誤魔化すことを繰り返した。まるで、フィオナへの当て付けのように。

やっぱり、考えすぎではないのかもしれない……。

知り合いに挨拶して回るのは大切なことだが、それに素性《すじょう》も言えないような女性を伴う必要は決してない。むしろアルバートにとってマイナスな印象を植え付けることになるので、損でしかないだろう。

それなのにこんなことをするのは、フィオナを傷付ける目的のためだ。

アルバートからのやんわりとした悪意が、胸をちくちくと刺す。一人一人から向けられる詮索するような視線は小さな痛みでしかないけれど、フィオナに刻まれる傷は確実に増えていく。

もうこれ以上は耐えられないと思った頃、見計らったようにアルバートは人の輪から抜け出した。人々のざわめきが遠ざかると、オーケストラの奏でるダンス曲が耳に飛びこんでくる。

アルバートはその曲に誘われるように、迷うことなくホールの中心へと進んでいく。それにフィオナはなにも考えずについていった。

「せっかくだから一曲ぐらいは踊ろう」

こちらを振り返ったアルバートが冷たい笑みを浮かべるのを見て、フィオナはやっと状況を把握して焦った。けれどすでに遅く、ダンスの輪の中へと引きずりこまれていた。

「いっ……ひぃッ」

上がりそうになる嬌声《きょうせい》を抑えるだけで精一杯だった。男の腕の中で、体がくるんと回る。

それだけのことで、中の真珠が歩いていたのとは違う動きをし、内壁を擦ってフィオナを悶えさせた。

もちろんそんな顔を周囲には見せられないので、男の胸に寄り添うようにして俯いた。曲があまり激しい動きをするダンスのものでなくて良かった。

「変な声を出すなよ」

「やっ……おねがっ……シッ！」

やめてほしいと懇願したくても、変な声が漏れそうになってできない。

「一曲踊ったら休ませてやるから、良い子にしていろ」

耳元で、声だけは優しく囁かれる。なのに男の動きは残酷《ざんこく》で、フィオナの体が大きく揺れて回転するようにリードする。それを何度も繰り返されるうちに、意識が朦朧として頭がくらくらしてきた。

緊張と行き過ぎた快楽に、もう立っているだけでも辛い。さっきまで人々の間を連れ回された精神的な疲れもあって限界だった。

とうとう膝から力が抜け、その場に座りこんでしまいそうになったが、すかさずアルバートの腕がフィオナの腰を支えた。

「もう……いやぁっ」

アルバートの胸の中に抱きこまれ、縋り付く。けれど無情にも、男はフィオナを抱いたままダンスを続けた。ステップなど踏めるはずもなく、男の腕の中で人形のように操られる。

そしてとうとう、男の腕を離れターンさせられる段になった。腰から腕がほどけ、突き放される。

「あぁ……ッ」

「危ないっ！」

当然、立っていられるはずもなく。ターンの途中で腰が抜けて、膝が崩れる。

アルバートのわざとらしい声がして、すんでのところで抱きとめられた。

「大丈夫ですか？」

近くにいた使用人が飛んでくる。フィオナは火照《ほて》った顔を見られないように、アルバートの胸に頬を寄せた。

もう、これをどう言いわけするつもりなのか。アルバートは、さも心配しているというふうを装って言った。

「どうやら具合が悪いようだ。少し熱っぽい。休憩できる部屋を用意してくれないか」

「では、ひとまずこちらのソファへ……」

やっと休める。でも、歩けるだろうかとフィオナは泣きそうになった。すると、体がふわりと浮き上がる。ざわりっ、とホール内がどよめいたような気がした。

けれど、それがどういうことか周囲を観察する余裕はなかった。フィオナは男の胸に、ぐったりと体を預けて目を閉じた。次に瞼を持ち上げたのは、ホールの隅にあるソファに降ろされてからだった。

座りやすいようにと背中にクッションを入れられ、足を持ち上げられる。どうするつもりなのかと思っていると、足置き用のソファに載せられた。

「疲れただろう。休憩できる部屋が用意できるまで、少しここで休んでいなさい」

アルバートは跪いて、フィオナのボタン留めのブーツを脱がせる。言っていることもやっていることも優しいのに、この甘い責め苦を終わらせる気はないようだ。

涙ぐむと、肩にショールをかけられる。クロークで預かったものを、使用人にとってこさせたらしい。こんな些細《ささい》な優しさが、憎らしかった。

恨めしげに見上げると、酷く甘ったるい笑みを返される。それがフィオナには悪魔の微笑みにしか見えなかった。

「なにか飲み物をとってきてあげよう。大人しく待っているんだよ」

アルバートは少し屈んで、頬と髪を一撫でするとと離れていった。フィオナは乱れた息を整えながら、ぐるりと視線を巡らせる。

ソファはホールの壁側にある半ドーム状に凹《へこ》んだ部分に置かれていた。アーチ状の入り口の分厚いカーテンをたらすと、個室のようになる。今は、カーテンが半分だけかかった状態で、ホールの様子が少しだけ見えた。

カーテンの陰に隠れたフィオナは、ほっと一息つく。ここなら淫らに赤く染まった顔を見られる心配はない。ふと、傍《かたわ》らを見ると扇《おうぎ》がソファに置かれていた。

確か馬車に乗りこむ時、手に持っていたはずだがその後の記憶がない。アルバートが持っていてくれたのだろうか。

その扇を開き火照った顔と胸元を扇《あお》いでいると、足元に影が差した。

「あら、ごめんなさい。人がいたのね」

顔を上げると、開いたカーテンからドレス姿の少女が顔をのぞかせている。年はフィオナより少し若い感じで、薬指に指輪をしていない。社交界デビューをしたばかりではないが、華やかな装いと男性の連れがいないことから、花婿探しをしている最中の未婚女性だろう。

するとその少女の後ろから、数名の同じような未婚の少女が顔をのぞかせた。途端に目の前が華やぎだす。若い彼女たちは、ペールピンクやスカイブルー、レモンイエローにミントグリーンなどの明るい色のドレスに身を包んでいた。

瑞々しい肌は張りがあり、ドレスの明るい色によくはえて輝いている。潑剌《はつらつ》とした表情に憂《うれ》いはなく、心からパーティを楽しんでいるように見えた。

その若々しさに、フィオナの心が微かにささくれ立つ。自分には、こんなふうに社交界を楽しむ余裕も時間もなかった。華やかで輝きを放つ少女時代を、療養所の暗い病室で浪費してしまった。

それも自ら納得して選択した結果だったが、むくむくとわいてくる嫉妬心《しっとしん》を全てなくすことはできないらしい。ただの僻《ひが》みなのは自分でも解っている。

フィオナは少女たちの輝きが眩しくて、小さく息を吐いた。誰が悪いわけでもないのに、気分が沈んだ。

すると少女のうちの一人が、フィオナの顔を見て声を上げた。

「まあ、あなたノースブルック伯爵家のご令嬢ではございませんか？」

心臓が跳ね上がり、体が緊張した。

扇で顔を半分隠していたのに解るなんて、顔見知りだろうか。それか、さっき挨拶で連れ回された時に気付かれてしまったのかもしれない。

緊張で嫌な汗が背筋を伝う。心拍数が上がり、会場のざわめきやダンス曲がどんどん遠ざかっていく。フィオナは血の気が引いていく感覚に気分が悪くなり、扇の下で口元を手で覆った。

「やっぱり、フィオナ様ですわね。覚えていらっしゃらないかしら、わたくしの姉がフィオナ様と同い年でして……」

彼女はノースブルック家とそれなりに付き合いのあった男爵家の令嬢だった。その姉とフィオナは、世間話をするぐらいの付き合いがあったことを思い出す。男爵家で開かれたお茶会にも、何度か招待されたことがある。

そういえば妹だと紹介されたことがあったかもしれない。

「まあ、そうでしたの……覚えていてくださいまして、ありがとうございます。それなのに、こんなはしたない姿で申しわけございません」

吐き気を堪え、足を床に降ろして居住まいを正す。体の中に埋められた真珠が動き、フィオナは扇の下で唇を噛んだ。

「いいえ、お気になさらず。具合がお悪いのでしょう」

「そういえば、さっきお倒れになった時、一緒にいらしたのはアルバート卿ですわよね？」

別の少女が話に割りこんできた。彼女は興味津々といった感じで、豪華な羽根の付いた扇の上の目をらんらんと輝かせる。

「抱き上げてここまで運んでいらしたけれど、どういったご関係ですの？」

そう言った時の彼女の声に、どこか意地悪なものが混じる。他の少女へも視線をやると、下世話な好奇心がちらちらと瞳の奥に見え隠れしていた。後ろのほうでは、扇越しにひそひそと噂している。

「アルバート卿には……今、色々とお世話になっているだけですわ」

そう返答するしかなかった。突き刺さるような好奇に満ちた視線から身を守るように、フィオナは彼女たちから視線をそらす。

早くこの場から去ってほしいと思ったが、無遠慮な質問と言葉は続いた。

「確か、ノースブルック家は爵位を王家に返納なさいましたわよね」

「……ええ、父が亡くなり男子がおりませんので」

「まあ、お可哀想に」

「さぞお心細いでしょうね」

畳みかけるような言葉はどれも、心配を装った見下しだった。

「それで、どういった経緯でアルバート卿と？　失礼ですけど、お噂では借金を肩代わりして頂いたとか？」

「さすがアルバート卿ですわね。伯爵家の借金を肩代わりできるほどの財力をお持ちなんて」

少女たちがざわざわと色めき立つ。容姿にも恵まれていて紳士的で素敵な殿方だとか、そんな彼とお知り合いになれるなんて運がよろしいですわねと、口々に言う。どれも小さな棘《とげ》が混じる口調だった。

そこでやっと、少女たちの思惑に気付いた。パーティ会場にきてから感じる視線の理由にも。

アルバートは貴族としての地位は低いが、あまり裕福でない貴族の娘たちにとって魅力的な結婚相手だ。対するフィオナは頼れる親類もおらず、借金まで背負い爵位も返納した元伯爵令嬢だが、結婚すればその夫は伯爵位を手に入れることができる。文句を言う舅《しゅうと》や親戚もいないので、できるだけ高い爵位の欲しい成り上がりの男性には恰好の結婚相手と言える。

はたから見れば、アルバートとフィオナは利害の一致した組み合わせに見えるらしい。

そこで、アルバートをとられると思った彼女たちが、牽制の意味もこめてフィオナを品定めにでもやってきたのだろう。

そこで少女のうちの一人が、ノースブルック伯爵家のフィオナだと気付いた。きっとこのことは、瞬く間に社交界に広がることだろう。

なんと噂されることか……想像するだけで、とても嫌な気分だった。

「ところで、フィオナ様。失礼ですけれど……こんなお噂を耳に挟んだのですが」

最初に声をかけてきた男爵家の令嬢が、わざとらしく眉をひそめて言った。

「アルバート卿のお屋敷でメイドをなさっているって本当ですの？」

それまでざわついてた少女たちが、ぴたりと静かになる。好奇心と憐《あわ》れみ、蔑みの混じった視線がいっせいにフィオナに向けられた。

返答に窮《きゅう》していると、さらに追いつめるように言葉を重ねられる。

「上流階級の女性でも、お家の事情で働きに出ることがあるのは知っていますが……メイドはさすがに有り得ませんわよねぇ？　家庭教師の間違いですわよね？」

「あら、でもアルバート卿のお屋敷には、家庭教師が必要な子供はいらっしゃらないんじゃないかしら？」

いやらしい言い方だった。解ってこういう流れに持っていっているのだろう。他の少女たちは、さざめくように扇の向こうでくすくすと笑っている。

「まあ、そうでしたわね！　じゃあ、本当にメイドですのっ？」

わざとらしい質問に、フィオナはもう黙りこむしかできなかった。

「ちょっと、およしなさいよ……メイドではないかもしれなくてよ」

「メイドじゃないなら、どういうこと？　メイド以外のお仕事をされているのかしら？」

「メイド以外のお仕事って……やだ、もしかして……」

「駄目よ。そんなはしたないこと言っては」

少女たちは扇の下でひそひそと聞こえよがしに言葉を交わす。フィオナに聞かせて、戦意を喪失させるためなのだろう。

それならもう充分に成功しているのだから、去ってほしかった。

なにも言い返せないのが悔しくて、扇の下で唇を噛む。零れそうになる涙をぐっと堪えて体に力を入れると、中に埋められた真珠が微妙に動いた。フィオナは漏れそうになる声を喉の途中で押しとどめる。

こんな状況でまで感じてしまうなんて……自分が情けない。酷く惨めで、早くこの辱めを終わりにしたかった。

けれど、フィオナをここまで連れてきたアルバートはなかなか戻ってこない。もしかしたら、どこかでこの状況を見て楽しんでいるのかもしれない。

「そういえば、アルバート卿にはとても優しくされていましたけど」

さっき抱き上げられたことや、ブーツを脱がしてもらったりしたことだろうか。はたから見ると、あれは優しい行為に見えるらしい。フィオナにとってはただの当て付けにしか感じなかったが。

「まさか、彼と婚約なんてなさっていないですわよね？」

「まあやだ、あなた突然なにを言い出すの。そんなことあるわけないでしょう」

「さっきだって、婚約者じゃないと紹介されていたわ」

「それに、ほら……フィオナ様をおいくつだと？」

「アルバート卿ならば、もっと高い地位の若いご令嬢とも縁談がおありでしょうに」

「でも、借金を肩代わりしたのでしょう……それって……」

頭上で繰り返される人を見下した会話に、本当に気分が悪くなってくる。そう言われても仕方がない境遇だとは自覚しているけれど、少女たちにとやかく言われたくなかった。

「それで、本当のところどうなんですの？　フィオナ様？」

ひそひそしていた少女たちが、またぴたりと押し黙り耳を澄ましている。寄ってたかって蔑んだのは、これが聞きたかったからなのだろうか。

もう嫌気がさし、この嫌味の渦から解放されたくて、フィオナはそんな事実などないと口を開きかけた。

「まあ、いやらしい小娘たちね。具合の悪い人を多数で虐めるなんて。これが貴族の令嬢のやることだとは、下賤《げせん》の女とそうたいして変わらないのね！」

半分閉まっていたカーテンをさっと開け、一人の派手な女性が突然乱入してきた。驚きにフィオナも少女たちも、その女性に視線を奪われる。

彼女は胸元の大きく開いた赤と黒のストライプのドレスを着ていた。髪は情熱的な赤毛で、瞳は深い緑色だが落ち着きはなく艶めいた雰囲気がある。化粧も濃く華やかで、ちょっと毒々しい雰囲気だった。

貴族の令嬢ではないだろう。成り上がりの妻というのとも違う。それでは、なんなのか……。

「いやだ……あれって」

「エドモンド子爵の愛人よ……」

「まあ、怖いっ」

少女たちの言葉に、女性はフィオナからそちらに視線を向ける。

それにしても、エドモンド子爵の愛人とは驚いた。あの男は、フィオナに結婚の話を持ちかけようとしておいて、しっかり愛人も囲っていたということか。

「なんなのアンタたち？　あっち行ってくれる。私は、彼女と話があるの」

女性がそう言って睨み付けると、少女たちは迫力に押されたのかわらわらと去っていった。

「あの……ありがとうございます」

思わずお礼を言うと、女性が振り返って笑った。はすっぱで、あまり良い印象の持てない笑みだった。本能的に背筋がぞっとする。

そんな硬い表情のフィオナを見下ろし、女性はにやにやと嫌な笑いを続けて言った。

「あら、私が誰だか解らないのかしら？　フィオナお嬢様？」

「え……もしかしてっ」

さあっと血の気が引いた。濃い化粧でよく解らなかったが、見覚えのある顔と声だった。そう簡単に忘れることなんてできない相手だ。

「あなた……ケリーなのねっ！」

「あらヤダ、そんな目で睨まないでよ。私があなたになにかしたかしら？」

フィオナにはなにもしていない。けれど当時ケリーの恋人だったアルバートを陰で裏切った女だ。その真相をアルバートは知らないが、フィオナは知っていた。

「ああ、さっきのご令嬢が言ってた……エドモンド子爵の愛人をしてるのが気に食わないのかしら？　伯爵様はあの人に、酷い目にあわされたみたいだしね」

フィオナが別のことで憤《いきどお》っているなんて知らないケリーは、勘違いしてしゃべる。

「それはどういう意味かしら？」

「いやね、なんでもないわよ〜。それより、あなたと取り引きしたいのよね」

よけいなことをしゃべってしまったと気付いた彼女は、肩を竦めて話題を変える。ついでに、後ろ手にカーテンを閉めた。

「取り引き？」

「そっ、お嬢様にも悪い話じゃないと思うのよ」

ケリーが内緒話をするように顔を寄せてくる。それを不審げに見上げて、フィオナは体を引いた。

この女と取り引きなんて有り得ない。搾取されるのがおちだ。

「子爵から聞いたけど、借金を肩代わりする条件で、アルの愛人になったそうね」

ケリーはアルバートのことを昔の名前で呼ぶ。アルは、アルバートの愛称ではない。

かつてアルバートは、アル・マーシャルという別の名を持っていた。それが彼の本名でもあった。

「愛人なんてお嬢様には大変でしょう。ねえ、今の生活から逃げたくない？　私が逃がしてあげる」

嬉しいでしょうとでも言いたげな誘いに、フィオナは眉根を寄せた。

「別に、逃げたくなんてありません。今の私の境遇は、なるべくしてなったものです。彼に肩代わりしてもらった借金分も働かずに、逃げ出すなんて考えたこともありません」

アルバートの傍を離れるとしても、逃げるような礼儀知らずなことをするつもりはない。きちんとお暇《いとま》を貰い、借金の返済も別の屋敷で働きながら続けていく気でいた。

その強い意志を持ってケリーを睨み返して言う。思っていたのと違う反応に、彼女はぽかんと口を開けて瞬きした。

「本気で言ってるの？　大したお嬢様だこと……せっかく私が、アンタの代わりにアルの恋人に戻ってあげようかと思ったのに」

目的はそれだったのか。大方、エドモンド子爵の愛人をしているのにも飽き、それなら若くて金持ちになった元恋人とよりを戻したいとでも思ったのだろう。

性格や品性はともかく、ケリーは男好きのする派手な顔に豊満な肉体を持っている。また、伯爵家のパーラーメイドをしていたこともあり、それなりの立ち居振る舞いや言葉遣い、最低限の教養などはあった。それを武器に、男の前では猫を被るのも得意だ。

かつて恋人だったアルバートは、あんなことがなければケリーと結婚するつもりで、婚約までしていた。それぐらい彼女に惚れこんでいて、上っ面に騙されていたのだ。

尚更、フィオナはアルバートの傍を離れるわけにはいかないと思った。この信用ならない女は、なにをするか解らない。

「お嬢様って人生損するタイプね。だからあんな問題起こして、屋敷から追い出されるのよ」

問題というのは、アルバートを陥れた狂言とは別件のことだろう。その事件が起きた頃、ケリーはまだ屋敷にいた。

「まあでも、アンタのおかげで子爵は助かったようなもんだけど。伯爵もあっさり騙されて馬鹿よね。最期は……」

「お父様のことを悪く言わないでっ！」

父を馬鹿にするような発言をされ、ついカッとなるとケリーはにやにやしながら口をつぐんだ。でも、またすぐにフィオナに絡んでくる。

「アンタもバカよね。いくら嫌な政略結婚から逃げるためだって、あんな問題起こしたら……もうまともに結婚なんてできないじゃない。アルに襲われたなんて事件の比じゃないわ。それであんな辺鄙《へんぴ》な療養所に閉じこめられてさ」

さっきは生気を吸い取られていくような気分の悪さだったが、ケリーの嫌味には苛々した。

自分の思惑通りにいかなかったから、フィオナに執拗に絡んできているのだろう。

「あんな田舎《いなか》で、若くて綺麗で一番良い時期を潰しちゃうなんて。私だったら耐えられないわ。まっ、でもどのみちあのボンクラ伯爵じゃ、こうなる運命だったわね」

また父のことを馬鹿にされ、フィオナは表情を険しくする。それを見てケリーはにやりと笑い、頬を寄せて挑発するように言った。

「今や伯爵令嬢も、私と同じ愛人の立場だなんて。愉快だわ」

「なっ……！」

腹が立って、思わず立ち上がって口を開く。だが、言葉を発する前に、中で動いた真珠に体がびくんっと震えた。じっとしていることで体に馴染んできていた真珠だったが、動くとやっぱり甘い刺激が走った。

「……ひぅっ！」

慌てて口元を押さえる。手に持っていた扇が滑り落ち、床で音を立てた。

その途端、腰と足の力が抜け崩れ落ちる。フィオナは目を閉じて、衝撃に備えた。

けれど床にぶつかることはなく、カーテンが乱暴に開く音がしたかと思うと、逞しい腕にしっかりと抱きとめられていた。

「急に立つなんて危ないな……大丈夫か？」

瞼を開くと、心配そうな紫の目と、視線がかち合う。上辺ではない、心から案じている様子にフィオナは思わず涙ぐんでしまった。

ダンスをしている時は悪魔だと思ったが、今はアルバートが傍に戻ってきてくれたことにほっとしていた。

ぎゅっ、と腕に縋り付いて身を寄せると、当然のように抱きしめ返してくれた。どういうつもりで優しくしてくれているのかは解らないけれど、今はそれに甘えたい気分だった。

するとフィオナの気分に水を差すように、ケリーが割りこんできた。

「アル！　会いたかったわ、久しぶりね」

昔、アルバートは彼女に惚れていた。今も同じ気持ちを抱いているかもしれない。急に放り出されるのではないかと不安になり、フィオナは震えながら男にしがみ付く。

けれどそれは杞憂《きゆう》に終わった。

「触らないでくれないか、ケリー。君とはもう終わった。この間会った時も、そう言っただろう」

冷淡なアルバートの返答に、ケリーが言葉を失う。強引で押しの強い彼女でも、今のアルバートが持つ威圧感には気圧《けお》されてしまうらしい。

「それから私の連れに、変なちょっかいをかけないでもらおうか。これを、そう簡単に逃がすつもりはない」

そう言うと、アルバートはフィオナを横抱きにして立ち上がった。ケリーはなにか縋るような言葉をかけていたが、男は背を向けて早足で歩き出した。それに身を任せていると、ホールから出て長い廊下を奥へと進んでいく。

ダンス曲がかなり遠くで聞こえるようになった頃、さっきの使用人が待つ扉の前に着いた。使用人は扉を開けると、どうぞごゆっくりと言って去っていった。

フィオナはアルバートの腕の中から、部屋を見回す。調度品は質が良く、センス良くまとめられている。ただ、ベッドと一人掛けのソファがあるだけの狭い部屋だった。

だが休憩室ならば、これで充分なのだろう。そう思ったフィオナの耳元で、男が言った。

「ここが、なんのための部屋か知っているか？」

「……え？　休憩する部屋なのでしょう？」

なぜそんな当然のことをと首を傾げると、男はにやりと笑って言った。

「こういうことを、するための部屋だよ」

「え……きゃぁっ！」

ベッドに降ろされ、上からのしかかられる。その衝撃で動いた真珠が中を刺激して、フィオナは身悶えた。

「あぁ……いやぁっ」

少し落ち着いていた快感が、また大きくなる。ずくんっ、と内壁が痙攣し、真珠に絡みついて新たな刺激を生む。脳を侵すような甘い痺れが体を駆け抜け、フィオナを翻弄する。

「知らないか？　パーティで気に入った異性を見つけると、こういう部屋にこっそり入りこむんだ」

荒い息をつきながら、フィオナは首を横に振る。そんな話は初めて聞いた。

「庭やカーテンの陰なんかで始める連中もいる。夜会なんて、特にそういうことが多いんだが……社交界デビュー後、すぐ療養に旅立ったから知らないんだな」

アルバートはなぜか嬉しそうに教えてくれる。フィオナに知識がないことが喜ばしいのだろうか。それとも、無知なことを馬鹿にされているのか。

快楽に脳が侵され始めたフィオナには、その判断はできなかった。

「君は、色々と不自然な部分が多い……」

アルバートの手が、フィオナの頬を撫で顎を掴んでくいっと持ち上げる。そんな些細な触れ合いだけで、体の奥が疼いておかしくなりそうだった。それなのに、男はそれ以上なにもせずにフィオナの快楽に潤んだ目をのぞきこんでくる。

「なにを隠しているんだ？」

「……え？」

「さっき、ケリーとなにを話していた？　私に対する狂言以外にも、どんな問題を起こしたんだ？」

「聞いて……いたの？」

アルバートの目が冷たく細められるのに、体が少しだけ緊張する。

そういえばケリーに、フィオナを逃がすつもりはないと言っていた。ということは、取り引きを持ちかけられた時から聞いていたということか。

「なにを企《たくら》んでいる？　いや、過去になにをしたんだ？　それには私も関係しているのか？」

どの質問にもフィオナは答えられなくて目をそらす。

真実を告げれば、プライドの高い男は怒るだろう。それだけでなく、きっと傷付く。なぜそんなよけいなことをしたのだと、フィオナをなじるだろう。

今よりもっと恨まれるかもしれない。それが怖かった。

フィオナとしては男をかばったつもりだけれど、それは独りよがりな行動でしかない。その自己満足のために、かばう目的とはいえ男の名誉を傷付けた過去は消えないのだ。

そしてなぜ、そんなことをしたのか問いつめられたら、フィオナの本当の気持ちを男に知られてしまう。報われることのないこの想いが、最悪の形で知られるのだけは嫌だった。

きっとアルバートは、迷惑に思うだろう。彼の好みはケリーのような豊満な体つきで、華やかな女性なのだ。フィオナのような貧相な体では満足できないはずだ。

借金の代償として抱くことはあっても、そこに愛情はない。気持ちを知られればよけいに惨めになってしまう。

「答える気がないのか……まあ、いい」

あきらめてくれたのかと、ほっとしかける。だが、男の脅すような低い声に体がこわばった。

「それなら、言いたくなるようにしてやろう」

ぐっ、と顎を強く摑まれ唇が重なったかと思うと、隙間を強引に割って舌が侵入してきた。縮こまるフィオナの舌を絡めとり、貪るような口付けを仕掛けてくる。

「んっ……うぅッ」

馬車の中からずっと疼いていた体は、その執拗なキスに背筋がじんっと痺れる。意識が甘く淫らな感覚に飲みこまれ、体の芯が蕩けて力が入らない。舌が根元から抜けてしまうのではと錯覚するほど、濃厚な口付けだった。

「はっ、あぁ……ふぁ……っ」

息をしているのに苦しい。口付けの合間に吸いこむ息には、男の吐息も混じっていて変な気分になる。肺の中まで犯されるようで眩暈がした。

「苦しいだろう。ボタンを外してやろう」

恩着せがましく言いながら、アルバートが実に楽しそうにドレスのボタンに手をかける。長い間、解放されない快楽に嬲られ続けたフィオナは、それに抵抗するすべはなかった。

いや、むしろもっと先の快楽がほしくて、男に協力するように体を浮かせる。

「全部脱がせると、帰る時に面倒だからな……」

そう言って、アルバートはコルセットの背中の紐を緩め前ボタンを数個外す。しめつけられていた腰が解放され、乳房が零れ落ちる。男はそれを目を細めて舐《ねぶ》るように見つめてから、体を屈めた。

「あぁ、んッ！」

乳房の肉を集めるようにして、その間に男が顔を埋める。できた谷間に吹きかかる息で、フィオナの肌が甘く粟立つ。男は盛り上がった脂肪の膨らみに口付け、果実を口にするようにかじり付いて痕を残す。

けれど、一番触れてほしい敏感な場所には触れず、ドレスのスカートにその手を移動させた。裾をまくり上げ、ドロワーズに手をかける。

「すごい……どろどろじゃないか」

股の間の布に触れたアルバートが、嘲笑混じりに言う。自分でもはしたないほど濡れているのは知っていたので、羞恥に体が熱くなる。

「ホールの床を濡らしたんじゃないか？」

「そんなことっ……」

「ないと言えるか？　下のほうまで濡らして、ストッキングにも染みている」

アルバートの指摘通り、ガーターベルトで吊られた絹のストッキングは濡れて肌に貼り付いていた。そのストッキングに包まれたふくらはぎを、男の指がゆっくりと撫で下ろす。

そこから妙な感覚が生まれ、フィオナは小さく震えた。

「そんなにあの真珠は気持ち良かったか？　それとも、人前ではしたないことをすると興奮する性癖なのか？」

「ち、ちが……だって、あれはっ」

アルバートが挨拶に連れ回したり、ダンスなんてするからだ。それまでは、ここまで酷く濡れていなかった。そう言いたくても、こみ上げる恥辱に唇が震えて言葉を紡《つむ》げない。

「どっちにしろ、恥ずかしい体だな」

その言葉にショックを受け涙目になるフィオナを、男は鼻先で笑い、乱暴にドロワーズを脱がして足を開かせた。真珠のネックレスを入れられた恥部が晒される。

「尻尾みたいだな」

嘲る口調にフィオナが涙ぐむと、蜜口からたれた真珠と金具の部分を、男が指先で弾いた。

「いやぁ……ッ」

ゆらゆらと揺れる振動が、フィオナの中を刺激する。長い時間、真珠で嬲られ続けた内壁は、恐ろしく敏感になっていた。

目の前がくがくと揺れ、脳にまで甘い痺れが到達する。フィオナは息を乱れさせ、シーツに爪を立てた。そうしないと、快楽で気が狂ってしまいそうだった。

「そんなに感じるのか？　大丈夫か？」

まったく心配してない様子で、今度はネックレスに指を絡めてゆっくりと引っ張った。

真珠がごろごろと動いて内壁を刺激し、蜜口を擦って出てくる。一緒にたくさんの蜜も溢れてきて、シーツを汚した。

「あ、あぁぁ……っ、だめぇッ」

フィオナは真珠の動きに身をよじる。中が、真珠を離すまいと入り口をしめ上げる。本当はもう抜いてほしいのに、体はフィオナの言うことを聞かない。

「そんなにしめたら、糸が切れて真珠が取り出せなくなるぞ」

「いやっ、それはいやぁッ……！」

アルバートの脅しに怯え、しゃくり上げながら首を振る。異物が入っているだけでも怖いのに、それが取り出せなくなるなんて、考えただけでもぞっとした。

「仕方ないな。引き抜くのはよそう……」

男の指が真珠と一緒に押し入ってきた。

「ひぃ……ッ！」

真珠に指の動きまで加わり、フィオナは悲鳴を上げる。

幸い、よく濡れていたので痛くはない。長い時間をかけて慣らされてもきたので、入り口も中も異物を難なく飲みこんでしまう。

「ああ……絡みついて熱い。もうだいぶ、ここで感じることにも慣れただろう？」

意地悪な言葉にフィオナは泣き顔を歪める。それを見て、アルバートは満足そうに笑む。

初めて抱かれた時以来、フィオナは男のものを受け入れていない。宣言通り、男は中や蜜口を指で押し広げ愛撫し、太いものでも飲みこめるようにと慣らしていった。

また熱を出されたら面倒だと言い、男の寝室や書斎に昼夜問わず呼び出しては、フィオナの体を弄んだ。

そうやって根気良くフィオナに快楽を教えこみ、自然と蜜口が緩んで男のものを飲みこめるように体を変えていった。今ではもう、感じる場所を服の上から撫でられただけでも濡れ、中を弄られて達してしまうまでに調教されていた。

それでも、こうやって男の指以外の異物を入れられたのは初めてで、それがとてもショックだった。その上、夜会にまで連れ出されダンスを強要された。感じすぎて本当に辛いのに許してもらえず、まるで玩具のように扱われた。

「もう、いやぁ……ひぃ、あぁッ。ひぅッ、やめてぇっ！」

一人の人間として、女性として愛し慈しんでもらえないことが悲しい。やめてと、喘ぎ声混じりに泣きじゃくり訴えると、男の指が止まった。

「じゃあ、なんの話だったか教えてくれないか？」

セットされた髪の毛一本も乱していないアルバートが、冷たい目で無理な要求を投げてくる。

「教えてくれれば、楽にしてあげよう」

「うっ……いやぁ」

答えられない。快楽に負けてしまいそうだったけれど、フィオナは唇を噛んで顔をそむけた。

「そうか、強情だな」

どこか怒気をはらんだ声が降ってきた。その冷たさに戦慄《せんりつ》したが、もう遅かった。急に抜け出た指が、蜜口をぐいっと指で広げる。そこに熱い塊が押し付けられ、フィオナは体をこわばらせた。

「えっ……いや、やだぁっ！　無理っ、だめぇッ……ひっ、あぁぁッ！」

まだ真珠のネックレスが入ったままだというのに、アルバートの欲望が一気に突き入れられる。

「あぁッ、あぁぁ……ッ！」

背がのけ反り、びくびくと体が震えた。男の欲望に押し上げられ、真珠が奥まで到達する。丸い粒で敏感な部分をごりごりと擦られて、浮き上がったつま先が痙攣した。

「いや、アッ……あぁあんッ」

痛みはなかった。良くも悪くも慣らされていた体は、真珠と一緒に男の欲望も飲みこんで悦んだ。あるのは圧迫感だけだが、それも快感を大きくする手助けをする。

想像もしていなかった大きな刺激に、フィオナはなにも考えられなくなる。体が大きな官能の波に押し上げられていくのを止められない。

「ひぃッ、だめぇ動いちゃ……あぁッ！」

乱れるフィオナを面白がり、アルバートが腰を軽く揺らす。それだけで甘い痺れが全身を駆け巡り、目の前が白くなる。体が浮くような感覚がして、ずっと解放されずに溜まり、腹の底で渦になっていた淫らな熱が弾けた。

「あぁ――ッ！」

甘ったるい火照りが解放され、声にならない嬌声が上がった。一瞬の緊張が解けた体から力が抜け、シーツの上にぐったりと四肢が投げ出される。

けれどこれで終わりにはならなかった。男の冷たい腕が、腰に回される。落ちてきた影に顔を上げると、艶めいた紫色の目がフィオナを見ていた。

「いけないな。一人で勝手にいくなんて。許した覚えはないぞ」

男の冷たい声に、背筋が凍る。乱れていた息が、一瞬止まった。

だが、フィオナはすぐに悲鳴を上げた。

「ひっ……いやぁ、あぁぁッ！」

男の熱と一緒に奥を突いていた真珠が、一気に引き抜かれた。蜜口を強く擦る感覚に、フィオナの体はびくびくと震え、指先やつま先が激しく痙攣した。

背筋を突き抜けた激しい快感に、意識がふっと遠のく。けれど、男に腰を揺さぶられ、その刺激で強引に意識を引き戻される。

自分になにが起こったのか解らなくて、怖かった。涙がぼろぼろと零れ、喉が震えた。

一度いったのに、また達したのだろうか。体の余韻は、いった後のそれと同じでぐったりしている。それなのに体の奥はまだ火照っていて、刺激されたらすぐにでも上りつめそうな甘い爆弾を抱えていた。

「……や、いやぁ」

「なにが嫌なんだ？　真珠は抜いてやったというのに。我がままだな」

勝手なことを言うアルバートに、反論する気力などもうなかった。縋るように涙目で男を見上げる。

だが、アルバートはにやりと笑い、見せつけるように手で弄んでいた真珠のネックレスを投げ捨てた。それが床に落ちて音を立てるのと同時に、繋がったまま体を起こされる。

「え……あぁぁ、んッ……！」

腰かけたアルバートの上に乗せられていた。抜けかけた熱塊《ねつかい》が、フィオナの体重でまた奥まで埋まる。その衝撃に、全身ががくがくと震えた。

「あっ、あ……あ、あぁっ」

二度もいったばかりの体は敏感で、感じすぎて自分の体を支えられない。倒れこむフィオナを、男の腕が抱き寄せる。ちょうど胸の位置に男の頭がきた。

「きゃぁ、あぁっ、やッ……だめぇっ！」

下の刺激だけでも気が変になりそうなのに、胸に顔を埋められ、ずっと放置されていた乳首を口に含まれる。硬く立ち上がり赤く染まっていたそこは、やっと触れてもらえた悦びに震え、新たな甘い疼きを生む。それが、下から突き上げ揺さぶるアルバートの欲望によって、小さく弾けた。

「ひっ、やぁっ、やだなにこれぇ……だめぇッ」

敏感になりすぎた体は、少しの刺激で生まれた疼きさえも拾い上げ、すぐに上りつめる。簡単にいってしまう体になっていた。

そうと知っていてなのか、フィオナの制止など無視して、男は腰を揺らしながら乳房への愛撫も繰り返す。その刺激に、まるで癖にでもなってしまったかのように体が何度も絶頂を迎える。

連続でいかされる感覚にフィオナは泣きじゃくり、男の肩に縋り付く。

「いやぁッ、だめぇ、もういやぁ……あぁぁっ、変になっちゃうぅっ！」

「いいぞ、変になっても。責任ならとってやる」

どこまで本気なのか解らない言葉を、アルバートが切羽つまった声で耳元に囁く。本当に責任をとってくれるのなら、気が狂ったっていいとさえ思えた。

激しく揺さぶられていた体が、再びベッドに押し倒される。上から叩きつけるようにアルバートが動く。膝に乗せていた時より動きやすいのか、出し入れが激しくなる。

繰り返し高みに押し上げられたフィオナは、もう快楽のことしか考えられなくなっていた。気持ちが良すぎて、ずっとこのままでいたいとさえ思ってしまう。

アルバートは限界が近いのか、動きが速くなり息が荒くなっていく。その姿をぼうっと見つめながら、フィオナは奥に男のものがほしいと思った。

慣らす目的で何度も体をほぐされた時、フィオナばかりが毎回いっていたわけではない。硬くなった男のもので恥部を擦られたり、蜜口に押し当てられ、腹の上に白い男の欲望を吐き出された。

なぜだか解らないけれど、あれを中に出されたいと本能的に思う。快感が深まるほど、体がそれを渇望《かつぼう》していた。

「あぁッ、だ、旦那さ……まぁっ」

求めるように手を伸ばすと、その手を背中に導かれる。重なってきた温もりに溜め息が漏れ、激しさだけでない快感が身の内に広がる。

「フィオナ……もう、アルバートでいい」

抱きしめられ、頬ずりされながら言われる。愛人なのだから、名前でいいと。

「ある……アルバートっ」

「フィオナっ……可愛いよ」

唇が重なり、舌が絡められる。そして片足を担がれるように持ち上げられ、深く結合した。男の限界も近いようだった。

そして何度か激しく揺さぶられ、もう何度目になるか解らない絶頂がフィオナを飲みこむ。喘ぎすぎた喉はかすれた嬌声だけを上げ、蜜口をきつくしめ上げた。奥まで埋められた男のものはびくびと震え、中に欲望を吐き出す。

「んっ……はぁっ」

熱いもので中が満たされる初めての感覚に、溜め息が漏れた。全てを飲みこみたくて、甘い余韻が去るまで、男の背中にぎゅっとしがみ付いていた。

「……フィオナ。すごく良かった」

思わずといった感じで、アルバートの口から感想が漏れ、唇が重なってきた。慈しむようなキスに、フィオナはうっとりとした。男が同じように気持ち良かったのも嬉しい。

事後の戯れのキスをしながら、この余韻のまま寝てしまいたいと思った。だが、中に埋められた男のものは、まだ硬いままだ。

フィオナは、戸惑いがちに声を出す。

「アルバート……っ」

「なんだ？」

「えっと……これっ……」

抜いてほしいと言いたかったが、戻ってきた理性が邪魔をする。すると察した男が、にやりと意地悪く笑う。

「まだお仕置きの最中だということを、忘れたのか？」

アルバートが軽く腰を揺らす。萎えかけていたはずの男の欲望が、みるみるうちに力を取り戻す。

「やっ、そんなぁ……ひっ！」

ずんっ、と腰を強く打ちつけられフィオナの体が震えた。もう疲れているのに、何度も達した体はすぐにまた快感を拾いだした。

「まだ、付き合ってもらう。私は満足していないんでね」

「やぁ……」

その残酷な言葉に、弱々しく首を振る。けれどアルバートは許してくれなかった。

「やめてほしいなら、さっきの質問に答えることだ。でも、言えないのだろう？」

優しく頬を撫でられ、今ならまだやめられると囁かれたが、フィオナはやっぱり返答できなかった。

「なら体に聞いてみるしかないな」

そんなの快楽に飲まれてしまったら、まともに思考なんてできないし、声は喘ぎ声しか出なくなる。それが解っていてなのか、アルバートは唇に笑みを浮かべて動き出した。

フィオナはまた快楽の渦に飲みこまれながら、この甘い拷問が早く終わることを願った。

5　復讐者は謎を曝いていく

「ふむ……これは事実なのか？」

調査書を一通り読んだアルバートは、執務机を指先でとんとん叩きながら目の前に立った執事をちらりと見上げる。

義父の代から仕えている執事は、家政婦の次に古株だ。口髭《くちひげ》をたくわえモノクルをかけ、いつもの燕尾服に蝶ネクタイではなく、ラウンジスーツを着て手には山高帽とステッキを持っている。一見すると、ちょっと裕福そうな老紳士だ。

彼がこんな恰好をしているのは、アルバートが頼んだ仕事から帰宅し、そのままの姿でやってきたからだった。

「本当でございます。現地に行って確認し、当時の使用人からも話を聞いてきました」

「そうか……」

アルバートは再び報告書に目を落とした。

それはフィオナの身辺調査の報告だった。先日の夜会で、ケリーと話していた内容が気になり、調査することにした。主に、アルバートがあの屋敷を出てからのことを調べてもらったのだ。

専門家にでも頼もうかと思ったのだが、なるべくなら外部に事情を漏らしたくない。そう思い、身内で口の堅い執事に屋敷での仕事を休んでもらい調べてきてもらった。場合によっては専門家の手も借りるよう、充分な資金を渡して。

その結果、執事が持ち帰った報告書にはアルバートが想像もしていなかった事実が書かれていた。ケリーと話していた事件というのは、このことだったらしい。

「まさか……フィオナが伯爵の金を使いこんでいたとはな」

驚きの真実に、アルバートは溜め息をついて頬杖をつく。にわかには信じられなかった。

「これがエドモンド子爵なら納得なんだがな」

「当時の使用人も同じことを言っておりました。ですが、フィオナ様自らやったと伯爵に申し出たそうです」

金庫にあった仕事の資金を盗んだフィオナは、それを競馬《けいば》などにつぎこんだという。

ノースブルック領はサラブレッドの生産が盛んな地域で、競馬場も多い。伯爵もサラブレッドを何頭も所有していて、フィオナが競馬に興味を持つのも不自然ではなかった。

特に貴族にとって競馬は人気のある娯楽だ。令嬢が競馬に行き、ちょっと賭けてみるというのもよくあること。但し、親の事業資金にまで手を出すのはめったにないことだった。また、それ以外の金は寄付や飲食に使ってしまったということで、散財した記録や購入物での証拠はなかったそうだ。けれど侍女のアンナが、フィオナの証言を裏付けたという。

アンナは涙ながらに、自分がついていながら止められなかったことを伯爵に謝罪した。そしてフィオナが前々から政略結婚が嫌で、心神喪失になっていたことを告白した。かなり精神的に不安定で、このまま放っておけば自傷《じしょう》行為もしかねない。だからあまり責めないでやってほしい、このことは揉み消してやれないかと懇願したそうだ。

娘を大事にしていた伯爵も、そうしようと思った。だが、ここでエドモンド子爵が意見した。

いくらまだ少女とはいえ、罪を犯したのだからなかったことにするのはいかがなものか。今のうちに矯正しておかなければ、後々もっと大きな事件を起こすかもしれない。アルバートに襲われたことで悪い噂も立っていることだし、ここを離れてしばらく療養に行かせてはどうか。そう伯爵に進言したらしい。

結局、伯爵は悩んだ末にアンナの懇願を振り切り、子爵の意見を受け入れた。それからすぐに、伯爵は知り合いに紹介された療養所にフィオナを行かせたのだと、執事は説明した。

「その療養所というのは、どういうところなのだ？　伯爵所有の別荘とかではないのか？」

あの辺に、伯爵家は別荘を所有している。昔、伯爵家で働いていたので知っているが、一族の保養に使われていたはずだ。

てっきりフィオナはそこに滞在し、優雅な療養生活をしていたものと思っていた。それか病弱な貴族が長期滞在する豪華な療養所のことだと。だが、執事は静かに首を振った。

「いいえ、その療養所は精神病患者を収容する規律の厳しい施設です」

そんなところにフィオナはいたのかと思うと、なんとも言えない気持ちになった。親元《おやもと》を離れ、享楽的な生活をしていたとばかり思っていたのに。

「その療養所は酷いところなのか？」

「いえ、まさか。貴族や富裕層の血縁が入るところです。それなりに設備も充実し、医師や看護婦も信用のおける人間が雇われていました。現地に行って見学してきましたが、決して劣悪な環境ではありません。あと、フィオナ様には侍女がついていましたので、不便はあまりなかったかと思います」

それを聞き、アルバートは肩の力を抜いた。少女が虐げられるようなことはなく、アンナという心強い味方もいたことにほっとする。

「但し、厳しく管理された環境でもあります。それまで伯爵家で自由に暮らしていたようにはいかなかったことでしょう。食事制限などもあるそうです」

甘いものはヒステリックになりやすいなどの理由から、お菓子類は厳禁だったらしい。他にも細かく栄養管理され、贅沢な食事ではなかった。起床から就寝まで、一日のスケジュールが決まっていて、徹底的に管理されている施設だという。

安心したのも束の間。執事の話を聞くうちに、アルバートの眉間の皺は深くなった。

そういえば、厨房の料理人からの報告で、フィオナがお菓子類に目がないと聞いていた。お菓子はアルバートや来客用に作ったもののあまりや失敗作だが、たまに使用人用に材料の残りで作ることがある。それらを少女は、久しぶりに食べるから美味しいと言い、料理人は不思議に思ったそうだ。

その報告を家政婦から受けた時、アルバートも疑問に思った。伯爵家は莫大な借金を背負いはしたが、事業が失敗するまではお菓子を頻繁《ひんぱん》に食べられないほど、金に困っていたはずはない。

だが、療養所の話を聞いて納得した。

「フィオナはずっとその療養所に閉じこめられていたのか……たまに遊びに出かけなかったのか？　あの辺は避暑地だろう」

なぜか、少女が少しでも幸せであったことはないのかと、縋るような気持ちで執事に聞いていた。

「はい、確かに避暑地ではございますが、フィオナ様が入院されていた療養所はそこからかなり離れた山間部にあります。交通の便が悪く、観光設備や遊興地《ゆうきょうち》が整っている町まで出るには半日がかりでございます」

「そうか……遊ぶなら、町に宿泊する必要があるな」

「それも無理かと……」

言葉を濁らせる執事に、視線だけ動かしどういうことかと目で問う。

「療養所は基本、患者の外出を禁止しています。外出する場合は、医師の許可を得る必要がございますが、許可はめったに下りないとのことでした」

「少しでも病気の症状が良くなってもか？」

「はい。完治するまでは、退院できないそうです。または、家の者が許可しない限り」

「完治って……精神病だぞ？」

心の病はそうそう治るものではない、というのが現在の医学界での定説だったはず。しかも退院には家の者の許可がいるという。

やはり、この施設は療養所なんかではない。アルバートが勘違いしていた金持ちのための豪華な療養所というのとも違う。

「お察しの通り、入所者は貴族か富裕層ですが、世間体を考え閉じこめられている者がほとんどです。要するに、一族の厄介者を監視付きで軟禁しておく更生施設のようなものでございます」

執事の言葉に、アルバートの表情がますます険しくなった。

入所者は貴族や富裕層の人間として丁重には扱われる。だが実際には、彼らに自由はない。問題を起こさないよう管理、監視されている生活だ。

だが、一族にとっては対外的には療養させていると言うことができ、体面が保たれる。ていの良い厄介払いだ。

そんな場所に、フィオナは侍女と二人だけで五年間も閉じこめられていた。その間に伯爵と手紙のやりとりは許されていたが、会う機会はなかったと執事は言う。

「じゃあ、フィオナが伯爵に再会できたのは……」

「葬儀の時です」

アルバートは発する言葉を見つけられずに黙りこむ。

そんな辛い別れをした後の少女に、自分は愛人になることを迫り、強引に承諾させて連れ帰ったのかと思うと……まるで悪人ではないか。いや、立派な悪人に間違いない。

色々心細かっただろうに、過去のことをなじり処女まで奪ってしまった。どう考えても自分の言動は酷い。

だが、これらは少女が招いた結果でもある。いくら心神喪失だったからとはいえ、父親の事業資金を使いこんだのは良くないことだ。それにアルバートに対する狂言事件もだ。

あの狂言の真相が心神喪失ならば、なんとなく納得もできる。だが、フィオナが言ったように、アルバートのことが嫌いで陥れようとした面もあったのかもしれない。

過去のことはさて置き、少女の屋敷での評判や行動を見る限りでは、そんなに性格が悪いようにも思えなかった。人を見る目が確かな家政婦が褒めてもいたし、努力している姿は自分も見ている。もしアルバートが思うような悪女なら、もうとっくにメイドの仕事に音を上げていたはずだ。

その上、処女だったという動かしがたい事実があり、今回の報告書による裏付け。これでは男遊びどころか、普通に買い物や食事に行くこともできない生活だ。

これにより、フィオナに対する評価が完全に変わってしまった。初めから、考え直す必要があるだろう。

ただ、心神喪失になった原因とはなんだったのか。それが気になる。

難しい表情で、改めて報告書に目を通していると、フィオナの婚約者についての記述が目に飛びこんできた。社交界デビュー後すぐ、少女には婚約者がいたらしい。

そういえば伯爵家にいた頃、フィオナ自身から婚約が決まったと聞いたことがある。その時にどんな会話をしたのかはあまり覚えていなかった。

「おい、この婚約者というのはどういう人物だ？」

報告書には婚約者のフルネームと爵位があるだけで、すぐに婚約解消になったとしか書かれていなかった。

「政略結婚の相手はエドモンド子爵の親戚筋に当たる方で、爵位は男爵。年齢はフィオナ様より二十歳は上になります」

「政略結婚で年齢差はよくあることだが、爵位が下ということは、それに釣り合うだけの財産があったのか？」

だが、それもおかしな話だ。あの当時、傑物《けつぶつ》でありアルバートに教育の機会を与えてくれた先代が逝ったばかりではあったが、その先代の手腕により伯爵家はかなり裕福だった。その後、フィオナの父に引き継がれてから、徐々に傾いていったのだが。

あの時点で、フィオナが金銭の絡む政略結婚を無理に選択する必要はなかったはずだ。それも心神喪失になるほど不満がある婚約なんて、破棄できる立場だろう。

父親は一人娘に甘かったのだから、よけいに不自然だった。

それになにか、自分の中に引っかかりを感じる。政略結婚をしたくなかったという理由にも、前々から疑問を抱いていた。

アルバートの中の昔のフィオナは、そんなことで心を病むような性格ではなかった。なんというか、まだ子供なのに全てをあきらめているというか達観《たつかん》したようなところがあった。

「元婚約者は財産もそれほど持っていなかったようです。特に仕事ができるという話も聞いておりません」

執事もその辺は疑問だったらしく、歯切れの悪い返答だ。

「じゃあ、大事な取引先に関係する人物とか？」

それも違うと執事が首を振る。

「申しわけございません。わたくしも疑問に思い調べたのですが、この元婚約者に関する情報がほとんどなく、実在していたかも不確かでして……」

「なんで、そんな人間と婚約させたんだ？　伯爵は馬鹿なのかっ？」

フィオナの過去のことだというのに、なぜかアルバートが憤っていた。

大切な一人娘の婿なのに、なぜそんな怪しい人物を選んだのか。エドモンド子爵の親戚筋だからという理由だけで婚約させたのなら、亡くなった伯爵はとんでもない愚か者だ。後々、爵位を譲ることになる相手でもあるのだから、慎重に選ばなければならないのに。

先代に比べ能力もなにもかも劣る伯爵で、これから仕えるには不安のある男だとは思っていたが、ここまで愚鈍な人間だとは思わなかった。だいたいエドモンド子爵の親戚筋ということからして胡散《うさん》臭い。

あの子爵が、伯爵の生前からなにか企んでいることはアルバートも知っていた。先代が彼のことを遠ざけていたのだが、上手いことフィオナの父を丸めこんで伯爵家に入りこんだのを、当時はかなり目障りに思ったものだ。

なんとかして排除してやりたかったが、相手は貴族。しかも主人である伯爵に取り入り、頼りにされていたので、どうにも手出しできなかった。エドモンド子爵もまた、アルバートのことを邪魔者扱いしていた。

そういえばその子爵ともノースブルックの屋敷で再会を果たした。あの時、彼はアルバートの今の身分を知り、相当驚いている様子だった。それだけではなく、なぜか酷く動揺し青ざめてもいた。

あれはどういうことだったのか……？

そしてそのすぐ後、ケリーが接触してきた。仕事で参加したパーティ会場でだ。彼女はエドモンド子爵の愛人になっていた。

驚きはしたが、調子の良い彼女らしい。また、あまりショックを受けなかった自分にも驚いた。もう彼女に未練はないのだなと感慨深く思ったものだ。

そもそもあの女は、冤罪《えんざい》事件で苦境に立たされた時、あっさりとアルバートのことを捨てた薄情者だ。だから、また復縁を迫られた時はかなり興醒めした。信用ならないエドモンド子爵の愛人というのも引っかかった。

これはなにかの罠なのではないかと。ただ、ケリーに関しては勝ち馬に乗る性格なので、ただ単にアルバートの今の地位に目がくらんだだけかもしれない。

ともかくフィオナに対する評価を、もう一度見直す必要があるだろう。少女が他にもなにか隠しているのは確かだろうし、この元婚約者やエドモンド子爵のことも気になる。

狂言事件に関しても、婚約破棄を狙った以外になにか別の真実が隠されているような気がした。色々と釈然としない感情が消えない。

それから……。

アルバートは報告書を机の上に置き、大きく溜め息をつく。胸の内がもやもやして、どうにもすっきりとしない。

「私は……フィオナの扱いを間違ったのだろうか？」

ふと、無意識に言葉が口から零れていた。執事に聞かせるつもりもなかったので、言った後に動揺して口を覆う。いまさら遅いのに……。

あまりに弱気な声だったせいもあり、アルバートは恥ずかしさに頬が熱くなってくるのを感じた。ちらりと目だけで執事を見上げると、珍しいものを見たとでもいうように目を丸くしている。執事はそれを笑顔に変えて言った。

「これから再構築なさることも可能だと思います」

それに対して、アルバートは苦虫を噛み潰したような顔しか返すことができなかった。

再構築もなにも、処女を奪うなど、取り返しのつかないことをしてしまっている。他にも、嫌われることしかしていない。

先日のパーティで酷い扱いをし抱いてからは、少し怯えられてもいた。あんなことをしたのだから当然だろう。フィオナの過去を知り、冷静になった今は後悔しかない。

だが、プレゼントを突き返され冷静でいられなくなったのだ。あの真珠のネックレスは、アルバートなりに悩んでプレゼントしたものだったからだ。

もちろん、パーティで貧相な装いをした女性を連れていたら自分が恥をかくため、見栄という面がある高い買い物でもあった。けれどそれは建前であって、本心では庭師の若い男と仲良くしていたフィオナの気を引きたいという複雑な下心があった。

あの時は少女に惹かれていることを認めたくなくて、庭師と違い自分はこんな高価なものを贈ることできると暗に訴えたかっただけだ。それで高価な贈り物にフィオナが目をくらませれば、満足できるはずだった。

庭師よりフィオナの関心を引けたことと、所詮は金品に弱いのだと少女を見下すことで、勝ち誇った気になりたかったのだ。

それが、とても幼稚《ようち》なことだとは解っている。解っているのにそんな行動をとってしまったのは、すでにフィオナに囚われていたからだろう。

だからよけいに、真珠のネックレスを突き返されたことがショックで、怒りと動揺からあんな酷い仕打ちをしてしまったのだ。

アルバートは自分の行いに頭を抱えたくなった。どう考えても、嫌われているに違いない。

その事実が、アルバートの心臓にぐさりと突き刺る。こんなにショックを受けるということは、そうつまり……。

そこから先の感情について、アルバートは考えることを放棄することにした。今はまだあまり認めたくない。

そんなアルバートに、執事が別の書類を差し出してきた。

「なんだ、これは?」

「実は、今回のことを調べるうちにもう一つ面白い事実が浮かんできました」

受け取った書類をめくったアルバートは、表情を険しくし拳を握りしめた。

「なっ……これはどういうことだ?」

「わたくしはこれが、フィオナ様の狂言と関わりがあるのではないかと思います」

＊＊＊

「フィオナ、お前の婚約者が決まった」

「左様でございますか。それは喜ばしいことですわ」

大事な話があると父の書斎に呼び出されたフィオナは、ある程度予想していた言葉に、お愛想程度の笑顔を浮かべ、当たり障りのない返事をした。

「それで、どなたですの？」

父が告げた男の名を、フィオナはぼんやりと聞き流す。相手に興味はなかった。どうせ、誰が相手であっても自分に選ぶ権利はほぼないに等しい。それが貴族の娘に生まれた運命のようなものだ。

「覚えているかい？　初めての夜会で引き合わせたのだが」

「ええ……なんとなく」

覚えているわけがない。いったいどれだけの男性を紹介されたと思っているのだろう。それも相手はフィオナより十や二十も年上の男性ばかり。十四歳のフィオナからしたら、年が離れすぎていて異性としての魅力など感じない。

そもそも異性に興味など持つなと言われて育った。だから結婚や婚約者に対する憧れも期待もない。そんなものを持っても惨めな気持ちになるだけなのは、年頃の少女たちの噂話や小説の題材に上る、先人たちの愚行《ぐこう》からなる恋物語でも証明されている。

どれも悲恋《ひれん》にしかならない。フィオナはそれを可哀想だとは思うが、美談だと心打たれ憧れるような乙女ではなかった。いや、そうなりたくなかっただけだ。

現実的に結ばれないのなら、そんな恋心は知らないままのほうが幸せだと思う。だから貴族の子女たちは、結婚するまで異性との接触をできるだけ絶たれた環境で生活するのだ。

婚約者の人柄などを語る父の言葉を聞きながら、フィオナは午前の柔らかな日の光が差しこんでくる大窓の外を見下ろした。書斎の下は玄関で、車寄せから続く砂利《じゃり》敷きの道は、色々な種類の薔薇《ばら》が咲き乱れる庭を鑑賞できるようにと、中心をぐるりと迂回《うかい》して門扉へと続いている。

そこに一台の馬車が入ってきた。二頭立てでノースブルック伯爵家の紋章《もんしょう》が掲げられた馬車だ。玄関前で止まると、馬車の先頭を走り、到着の準備をしていた従僕《フットマン》がドアを開けた。

中から出てきたのは、書類鞄を下げたアル・マーシャルだった。頭を下げる従僕《フットマン》を労う様子は堂々としたもので、五年前まで彼も同じ従僕《フットマン》をしていたとは思えない風格がある。

艶やかな黒髪に覇気《はき》のある紫の瞳。若さゆえの勢いのようなものを感じる彼を、生意気だと思う人間は多い。また、才覚もあり、低い身分出身でありながら先代の伯爵に取り立てられ、秘書にまで上りつめたことは、同じ労働者階級からすれば希望であり、嫉妬の対象でもあった。

けれどアルは、それらの羨望《せんぼう》や嫉妬、敵視に潰されることのないプライドの高さを持ち合わせていた。馬丁の息子として生まれたにしては、強い自信の持ち主だと言える。

当然、年頃の少女たちから異性として人気があった。労働者階級の娘からすれば玉の輿《こし》。貴族や富裕層の娘からしたら、恋の鞘当《さやあて》をするのに刺激的な相手に見えるらしい。

「フィオナ……フィオナ、聞いておるのか？」

「あ、はい。お父様、聞いていますわ。婚約者殿は私より二十歳も年上だそうですね。とても頼もしく思います」

アルをじっと見つめていたフィオナは、心にも思っていない返答をして適当に話を合わせる。

「そうだな。きっとフィオナのことを幸せにしてくれる」

安堵の表情でそう言う父を、フィオナは複雑な気持ちで見つめる。

本当に自分は幸せになれるのだろうか。そんな名前も顔も覚えていないような相手で。

だが、貴族同士の結婚などそんなものだ。恋愛がしたければ、結婚し男子を出産する役目を果たした後に不倫でもすればいい。貴族の恋愛は遊びの範疇《はんちゅう》で、夫婦ともに外に愛人がいるのは珍しいことではなかった。

「そうそう、彼なんだが……実は子爵の親類に当たるのだよ」

「え……エドモンド子爵のですか？」

嫌な予感がする。呼び出されてから初めて、父の顔をまともに見つめた。

「そうだ。子爵の親類なら安心だ」

なにを根拠にそんなことを言えるのか。誰がどう見ても、エドモンド子爵はお世辞にも性格が良いとは言えない。良く言えば賢いのだが、狡猾さが滲み出た表情に腹黒そうな目つきをしている。

けれどどういうわけか、父は子爵に信頼を寄せていた。

気の弱いところのある父は、傑物として周りから一目置かれる祖父のことが苦手だった。自分の不甲斐なさを感じてしまうからだろう。そんな父を祖父も扱いかね、距離ができていた。

エドモンド子爵はそこに付けこんできた。父の劣等感を擁護《ようご》する甘言を囁き、助言を続け、徐々に信頼を勝ち得た。彼を危険視する祖父と違い、自信のない父はあっという間に丸めこまれてしまった。

父なりに子爵を疑うこともあっただろうが、自身の不甲斐なさも含めて全肯定してくれる存在は心地よすぎたのだろう。祖父が息子の頼りない面を鍛《きた》えようと、散々厳しくしたせいもある。その反動であり、反発が子爵への信頼に繋がったことは間違いない。

フィオナは引きつりそうになる口元に、無理やり笑みを浮かべる。

「そういえば……子爵から紹介された殿方がいたのを思い出しました。あの方でしたのね」

特になんの特徴も印象もない男性だったが、エドモンド子爵がわざわざ紹介しにきたことだけはよく覚えていた。

「そうだよ、その彼だ。しかも伯爵家に婿《むこ》入りしてくれるそうで、とても頼もしい」

「まあ、そうなんですか……」

驚きとともに、嫌な予感がさらに強まった。

今のノースブルック家に子供はフィオナしかいない。父は何度か再婚をしたが、先妻であるフィオナの母との間にしか子宝《こだから》に恵まれなかったからだ。他の血縁も流行《はや》り病などで死に絶え、ノースブルックの爵位を受け継ぐことができる男子はいない。なのでフィオナが婿を貰い、男子を産んで爵位を継がせる責任があった。

もし入り婿が無理な場合でも、嫁ぎ先で産んだ子のうちの誰かに伯爵位を継いでもらうことが、結婚の条件だ。

子爵の親戚筋だという婚約者は、喜んで婿に入ってくれるという。それはありがたいことなのだが、子爵の息がかかった人間を伯爵家に入れることにフィオナは抵抗があった。婚約者は明らかに、子爵の傀儡《かいらい》だろう。父だけでなく、フィオナまで取りこもうということなのか。

どんな縁談でも文句を言わずに受け入れようと思っていたフィオナは、ここにきて結婚から逃げ出したくてたまらなくなった。

まさか自分の結婚にまで、子爵が絡んでくるなんて……。まったく読み切れていなかった。

このままでは伯爵家は危ういかもしれない。子爵に利用され、搾取されることになるだろう。フィオナの力では、子爵を排除することはおろか、父の目を覚まさせることもできない。

それとなく、子爵は信用しないほうが良いということを父に進言したことはあるが、女子供がそんな心配などしなくていい。お前の思い過ごしだと、穏やかな父にしては苛立った様子で返された。

父も、子爵に不信感を抱くことがあったのだろう。だがそれは、不甲斐ない自分の理解者を失うことで認められなかったのだ。そのせいで、周囲が子爵との関係に口出しするほど父は頑《かたく》なになっていった。

だから今ここで、子爵を理由に結婚を嫌がっても事態は悪化するだけだろう。

フィオナはどうにもできない不安を抱えたまま、父の書斎を後にした。長い廊下を俯きながら進み、階段を下りて裏庭のテラスに出る。なにか物思いにふける時は、いつもここにくる。

ラタンのソファに腰かけ溜め息をつく。屋根になっている藤棚《ふじだな》を見上げると、薄紫色の花がカーテンのように垂れ下がり咲き誇っている。その向こうでは涼しげな音を奏《かな》でる噴水の周りで、小鳥たちがさえずっていて耳に心地よかった。

どうにかして婚約を破棄することはできないだろうか。父からそう働きかけてもらうのは、絶望的だ。それに一度決定した婚約を破棄することは、フィオナの今後に関わる。婚約破棄になっただけでも、傷物扱いになってしまう。とても難しい状況だった。

なんの傷も負わずに、この婚約を破談にするのは無理があるだろう。

だからといってエドモンド子爵の思惑通りにもなりたくない。一度でも子爵と姻戚関係が発生してしまえば、伯爵家の事業だけでなく財産や遺産についても口出ししてくるのは目に見えている。

そうなったら、もうフィオナ一人では太刀打ちできない。頼れる兄弟や親戚がいないことが辛い。せめて母が生きていたら、父を止められただろうか。

難しい表情でガラステーブルに頬杖をつくと、噴水の向こうからアルが歩いてくるのが見えた。彼は亡き祖父の秘書を始めた頃、屋敷の北側にある小さな離れを自分の家として与えられていた。その離れから屋敷に行くには、裏庭を突き抜けていくのが近道だった。

さっき仕事から帰ってきたアルは、一度自宅に戻ったらしい。手にした書類を読みながらこちらに向かってくる。フィオナがテラスにいることには気付いていないようだった。

それを良いことに、ぼうっと彼のことを見つめる。

フィオナが物心ついた頃からいるアルに、いつからこうやって目を奪われるようになったのかよく覚えてはいない。ただ、フィオナにとって年の近い異性で魅力的な相手というのが、彼しかいなかったからだろう。

アルは、年頃の少女にとって甘い毒みたいな存在だ。魅力的なのはその容姿だけでなく、溢れ出る知性と情熱だ。それに触れてみたいと思ってしまうのは、女の本能なのかもしれない。

少女から女性へと変化する不安定な時期にいるフィオナにとって、その魅力に心が揺れてしまうのは仕方のないことだった。だからなのか、侍女のアンナは彼をフィオナに近付けさせないように神経を尖らせている。

けれどそんなに心配をしなくても、彼に心を奪われたりなんてしない。たとえ淡い恋心を抱いたとしても、アルはフィオナになんて興味は持たないだろう。いくら結婚できる年齢になったからといっても、彼にしたら自分はただの子供だ。

それにアルにはケリーというパーラーメイドの婚約者がいる。大人で魅力的な女性だ。だからなのだろう。フィオナは彼に対して安心して憧れを抱くことができた。恋とまでは言えないけれど、甘酸っぱさのあるこの感情は、遠くから見つめるだけにはちょうどいい。本気にならない距離だから、傷付く心配も愚かな行為に走ることもない。

結婚するまでの楽しみ。それと目の保養。

それがフィオナのアルに対する気持ちだった。

それまで書類に目を落としていたアルが、テラスの階段を上るところで顔を上げる。じっと注視していたフィオナと目が合った。

一瞬、驚いたように目を丸くした彼だったが、すぐににっこりと微笑んだ。

「お嬢様、こんにちは。良い天気ですね。今日はここでお茶でもなさるんですか？」

「ええ、そうね……」

ふっと目をそらし、素っ気ない返事をする。内心では、ずっと見つめていたことがバレたのではないかとどきどきしていた。

「そうですか。それはお楽しみのところ、お邪魔しました。私は仕事があるので、失礼……」

「ちょっと待って」

すぐに立ち去ろうとしていたアルのことを、とっさに呼び止めていた。

「……なんでしょうか？」

訝しむような表情をするアルに、フィオナは開いていた口を閉じて俯く。自分は、なにを言おうとしていたのだろう。それが解らない。

ただ、彼と話したいと思っただけで、話題はなにも考えていなかった。それに今、一人でいるのが不安だった。

「お嬢様……？」

フィオナに興味などないアルの声が、苛立っているように感じた。きっと彼はすぐにでも仕事に戻りたいことだろう。

こんな子供と会話などしたくはないはずだ。けれど主人の娘なので、邪険にできないのだろう。

「あのね……私、婚約が決まったの」

思わず口を突いて出た言葉は、フィオナが今、抱えている不安だった。

「そうですか。それはおめでとうございます」

当たり障りのない返答に、苛々した。そんな言葉が欲しかったのではない。でも、それならどんな言葉なら良かったのか。

自分はアルになにを求めているのだろう。この不安を払拭してくれるような、そんな都合の良い言葉が欲しいのかもしれない。

「相手は伯爵家に婿入りしてくれるそうよ」

まだ正式発表されていないので、エドモンド子爵の親戚筋ということは伏せて話を続ける。

「ゆくゆくはお父様の爵位を継いで、仕事にも口出しをするようになると思うわ。もしかしたら、あなたのことを目障りに思うかもしれないわね」

少し嫌味っぽく言ったが、アルは意に介する様子もない。

「そうですね。今もエドモンド子爵からは邪魔者扱いですから」

「そうだったわね。婚約者もあなたのことを嫌って、子爵と結託《けったく》して追い出すかもしれないわよ」

「困りましたね。みんなして私の才能に嫉妬しているんですね」

「あら、ずいぶんと自惚《うぬぼ》れているのね」

冗談混じりの返答を鼻先で笑うと、アルは意味深な笑みを浮かべて腕を組んだ。その表情になんだかイラッとした。

「なにか言いたいことでもあるの？」

「いえ……やけに絡むなと思いまして。いつものお嬢様らしくない」

「いつものってなに？　私のことをよく知るほど、あなたと会話をした覚えはないわ」

「ええ、ほとんど会話らしい会話をしたことはありません。だからこそ、今日はどうされたのかと思ったのです」

「言いたいことがあるなら、はっきり言っていいのよ」

冷めた声でそう言うと、アルは笑んでいた口元を歪めてから開いた。

「では、お言葉に甘えて……お嬢様は結婚するのが嫌なんですね」

軽い調子で放たれた言葉は、フィオナの心に深く突き刺さった。

「そ、そんなことっ……結婚は貴族の義務ですもの。嫌だなんてっ」

「では、その婚約者のことが好きなんですか？」

意地悪な質問にフィオナは唇を噛んだ。

ここは意地でも好きだと言ってしまえればいいのだろうが、言えなかった。その自分の幼さに、フィオナの頬が熱くなる。

するとアルが、小さく笑って謝罪する。

「すみません。意地悪なことを言って」

最悪だ。こんな情けない自分を見られたくなかった。スカートの上の手を握りしめ、俯いた。

「結婚が嫌でもかまわないと思いますよ。一生を左右《さゆう》することなのに、貴族のご令嬢方は自身で相手を決める権利がない。嫌いな相手でも、親がしろと言えば結婚しないといけないのは苦痛だと思います。しかもまだその年で……私なら耐えられない」

アルの率直すぎる意見に少しだけ心が和らぐ。けれど言われてみて、フィオナの不安がそこにないことに気付いた。

「そうね……でも、そういうことはもう納得済みよ。いまさら自由に恋愛ができないことを嘆いたりなんてしないわ」

幼い頃より、家のために結婚するのだと教えこまれている。それこそなんの疑問も抱かないうちから。それが常識のように刷りこまれてきた。

だから成長してその常識が、実は外の世界では必ずしも当たり前ではないことを知っても、そう簡単に今までの価値観を捨て、そちら側に飛びこむことなどできなかった。

「婚約者のことは嫌いじゃないの。そこまで思うほどの相手でもないから」

それは本当のことだった。エドモンド子爵の親戚筋ということさえ抜きにすれば、この結婚になんの戸惑いもなかっただろう。

「では、お嬢様はなにが不安なんですか？」

アルが腕組みしたまま首を傾げる。それに少し間を置いてから、不安を言葉にした。

「たぶん……名前と顔ぐらいしか知らない人を、この家に入れることかしら」

頼りにしていた祖父はもういない。父はもうほとんどエドモンド子爵の言いなりだ。夫となる予定の男も、フィオナの味方になってくれないのは確実だろう。

「この家は大丈夫なのかしら……」

自分でも驚くほど、か弱い声だった。

女のフィオナでは家業にまでは口出しできない。意見できるほど仕事の知識も才能も経験もない。でも、指をくわえて子爵の思い通りになるのを見ているのは嫌だった。

自分にもできることがなにかあればいいのに。現状では、父の言いなりに子爵の親戚筋の男と結婚するしかない。

「大丈夫ですよ」

出口のない悩みに沈むフィオナを笑うように、軽い調子の声が降ってくる。だが、顔を上げるととても真摯《しんし》な目で見つめられていた。

「私が伯爵家を守ります。先代にはお世話になった恩があり、私にとってもここは生家《せいか》です。失いたくはない」

上辺《うわべ》ではなく、きっとアルの本心からなのだろう。吸いこまれるような、力強い意志が言葉にこめられているように感じた。

「安心してください。私は伯爵家の味方です。この家に不利益をもたらすことのないよう、鋭意《えいい》努力いたします」

父のためにと言わないところがアルらしかった。祖父とは違い、仕えるには不足があると思っているのだろう。

けれど亡くなった祖父を慕っていた彼は、その恩に報《むく》いるために伯爵家に尽くすと言ってくれている。嬉しいけれど複雑な気分だった。

それにフィオナのためにとも言ってはくれなかった。当然のことだけれど、胸にわく焦燥感に自嘲的な笑みを浮かべた。

なにを期待していたのだろう。こんな感情を抱いては駄目なのに。弱気になっているのかもしれない。

視線を落として俯くと、重苦しい溜め息が思わず漏れた。せっかくアルが励《はげ》ましてくれているのに……。その時、すっと目の前を男の手が横切り、スカートの上の手を持ち上げられた。

「えっ……ちょっ！」

腰を屈めたアルが、フィオナの手の甲に恭《うやうや》しく口付けて言った。

「お嬢様、私はこの伯爵家に一生を捧げるつもりです。要するに、生きている限りあなたのお傍にいます。どうか思いつめないでください」

心臓が甘く音を立て、握られた手が小さく震えた。口付けられた場所からくすぐったさが全身を駆け巡り、フィオナをうろたえさせる。

こんな行為、パーティで色んな男性に散々されたのに。どうしてアルに限って、こんなに過剰《かじょう》に反応してしまうのだろう。

それに男にとって、これは他愛のない軽口で深い意味なんてない。落ちこんだフィオナを、安心させようとしての言葉だ。

なのに、幸せに疼く気持ちを制御できない。フィオナは情けなく緩む顔を見られたくなくて、椅子を蹴るようにして立ち上がり、手を振り払った。

「あ、ありがとう……頼りにしているわっ」

背を向けてそう言うと、走るようにしてその場を去った。

熱くなる頬や、狂ったように鼓動《こどう》を刻む心臓をコントロールできない。胸が甘く苦しくて、泣いてしまいそうで、くしゃりと歪んだ顔を両手で覆い、廊下の隅っこにしゃがみこんだ。

アンナの言い付けを守らなかったせいだ。アルと二人きりで会話をしてはいけないと、あんなに口うるさく言われていたのに。真剣に聞いていなかった自分は馬鹿だ。

愚かな恋に興味なんてなかったのに。それに身を投じる勇気だってない。なのに……。
それから数か月後、フィオナは恋のために愚行を犯すことになった。

6　復讐者は思い遣る

「おい、食べないつもりか？」

足を組んで一人掛けのソファに腰かけたアルバートは、腕組みをして目の前の黒いドレスに身を包んだフィオナを気難しい表情で睨み付ける。当然、二人掛けのソファに座っていた少女は、困惑した表情で縮こまり、テーブルに置かれた三段のティースタンドとアルバートを見比べた。

「でも、これって……」

アルバートのために用意されたアフタヌーンティーだろうと言うように、フィオナは小首を傾げ怪訝《けげん》な表情になる。それになんと説明すればいいか解らず、アルバートはぶっきらぼうに返した。

「私はこんな甘いものは食べない。だから君が食べろ」

少女の疑問に答える内容ではなかった。フィオナはますますもの問いたげな顔つきになりながらも、アルバートの威圧感に押されてテーブルの上のフォークを手にした。その手元の皿には、さっきアルバートがティースタンドから取り分けてやったチョコレートケーキが載っている。

「遠慮しないで食べろ」

もっと優しい言い方があるはずなのだが、どうにも上手くいかない。フィオナはというと、チョコレートケーキをじっと見つめ固まっている。

思い通りに物事が運ばないことに、アルバートは内心唸《うな》って、綺麗に盛り付けられたティースタンド上のケーキをさっきより強く睨み付ける。

二人はアルバートの寝室から繋がる居間にいた。ここに呼び出したのは自分で、このアフタヌーンティーを用意させたのも自分だ。もちろんアルバートが食べるためではなく、甘いものが好きなフィオナのために用意した。

少女を喜ばせたいと思ったからだ。

それならそうと言えばいいのだが、素直に君のために甘いお菓子を作らせただなんて言えるわけがなかった。だいたい、どの口でそんなことを言えばいいのか。

散々酷い扱いをしておいていまさらだ。きっと気味悪がられる。

まさか自分が、こんなくだらないことで悩み恥じ入る日がくるなんて。想像もしていなかった。

あまりに情けなくて、自分に腹が立つ。

それに、フィオナのために用意したと白状してしまえば、どのような心境の変化があったのかと疑問を持たれるだろう。それは非常に困る。

まさかフィオナに惹かれているからだなんて言えない。いや、いちいち言う必要もないのだが……。それよりも気持ちを悟られたらどうしよう、などとこの期に及んで怯えていた。

悶々《もんもん》とくだらないことで悩んでいると、カシャンとフォークが皿に置かれる音がした。

「あの……やっぱり私、食べないほうが……」

はっとしてアルバートがフィオナを見ると、白い頬が心なしか青ざめている。

「な、なにを言っているんだ？　君が食べなければ、君のために用意した意味がないだろうっ！」

拒絶されたような気がして、つい焦って本音をぽろりと零してしまった。すると、驚いたようにフィオナが目を丸くし、ソファから身を乗り出したアルバートを見上げている。

「いや……そのっ、これは……っ」

アルバートは柄にもなく慌て、表情を引きつらせた。握りしめた手の平に、びっしょりと嫌な汗をかく。

「……私のため?」

「違うっ、そうじゃない。勘違いするな!」

自分でフィオナのためにと言っておきながら、とっさに否定してしまう。恥ずかしさに頬が熱くなる。

それを隠すように、アルバートはソファから立ち上がり、睨み付けるようにして少女を見下ろす。

「この間、パーティで無茶をさせすぎてさすがに悪かったと思ってだな……まあ、少しは優しくしてやろうかと思っただけだ」

「……そう。それは、ありがとう」

苦し紛れの言いわけに、フィオナは納得してはいない様子だったが頷いた。

「ただの気まぐれだ。深い意味はない」

アルバートは恥ずかしいやら情けないやらで、お礼に対してぞんざいに返す。もっと違う言葉を投げかけたいのに、それが思いつかない。なにを言っても、恥をかいてしまいそうな気がして、いかにも少女に興味などないといった態度をとってしまう。

そんな自分を苦々しく思った。

「とにかく、そういうことだから好きなだけ食べろ。足りなければまた作らせる」

「う、うん……ありがとう」

フィオナはそう言うと再びフォークをとったが、まだ戸惑っているようだった。ケーキをじっと見つめた後、うかがうようにちらりとアルバートを見上げる。

「なんだ？　別に毒なんて入ってないぞ」

「そうじゃなくて……そんなに見られてると、なんか食べにくいのだけど」

おずおずと少女が口を開く。言われてみれば、目の前に立たれて見張られているような状態で食べるのは辛いだろう。

アルバートは恥ずかしさを誤魔化すように咳払いし、ソファに座り直して視線をそらした。それを見てほっとしたのか、フィオナの雰囲気が和らいだのが気配で解った。

「では、いただきます」

そっと横目で盗み見れば、さっきの緊張した面持ちはなく、そわそわした様子でチョコレートケーキにフォークを刺す。そして一口食べると、ふにゃりと蕩けるように笑みを零した。

その笑顔に、アルバートは目を丸くして瞬きした。

「美味しい……っ」

感極まった声が溜め息のように漏れ、白い頬が薔薇色に染まる。いつも澄まし顔で人形めいた容貌に、人間らしい温もりが宿った。

思わず見惚れていると、はっとしたようにフィオナがこちらを向く。アルバートは慌てて顔をそらし、手近にあった本を手にとって開いた。

そうやって無関心を装っていると、チョコレートケーキを食べるフィオナの手が速くなった。あっという間に食べ終わり、うかがうようにティースタンドを見つめ、フォークを持った手をふらふらと泳がせている。

「好きなだけ食べていいんだぞ」

ずっと気配をうかがっていたアルバートは、組んだ足の上に開いた本から視線は外さずに言う。びくっ、とフィオナの肩が跳ねて警戒しているようだったが、しばらくすると甘い誘惑に負けてティースタンドから新しいケーキを皿に移していた。

それからは、もう遠慮することなくフィオナは甘いお菓子を頬張りだした。最初は盗み見ていたアルバートが、じっと見つめても気付かないぐらいにお菓子を食べることに集中している。

そんなに甘いものが好きなのか……と、アルバートは肘掛けに頬杖をついて半ば呆れながら少女に見入ってた。

お菓子を嬉々《きき》として食べるフィオナは、今まで見たことのない幸せそうな笑顔を振りまいている。いつもの取り澄ました感じがなく、年相応の可愛い少女にしか見えなかった。

だがきっと、これが本来のフィオナなのかもしれない。

昔、伯爵家にいた頃は、伯爵令嬢としてのプライドや責任感からか、どこか堅苦しい雰囲気が漂っていた。愛人として連れ帰ってからは、常に緊張していて物悲しそうな顔をよく見せた。

結婚していても不思議ではない年齢だが、まだ十代なのだから天真爛漫《てんしんらんまん》でいてもいい年頃だ。パーティでフィオナと同年代ぐらいの少女を結婚相手としてよく紹介されるが、もっと浮ついているのがほとんどで、若さゆえの落ち着きのなさがある。

でもフィオナは違う。伯爵家にいた頃から、無邪気に笑っていられない生活をずっとしていたのだ。アルバートもまた、そんなフィオナから笑顔を奪った一人でもある。

狂言事件の復讐をしたかったからだが、今はもうそれもどうでもよくなっていた。フィオナの狂言がなくても、遅かれ早かれエドモンド子爵が巣くう伯爵家から追い出されていた可能性はある。それが少し早くなっただけだ。

むしろ早くに伯爵家と縁を切れて良かったのかもしれない。でなければ、アルバートも没落した伯爵家と運命をともにしていたかもしれなかった。

今の自分があるのは、フィオナのおかげなのかもしれない。

そう思ってしまうほど、お菓子を頬張る少女の無邪気さに心を奪われていた。

こんなことなら、もっと早くにお菓子を与えてやれば良かった。

いや、なんで見つけ出してやれなかったのだろう。過去に戻れるのなら、療養所から連れ出してやりたかったとさえ思う。

急に少女のことが愛しくなり、抱きしめたくなった。

本を置いて、そっとソファから立ち上がる。テーブルを回ってフィオナの横に腰を下ろすが、お菓子に夢中になっていてアルバートには気付かない。

ちょっとお菓子に嫉妬してしまいそうだ。こちらに見向きもしない少女に、アルバートはむすっと唇を尖らせて手を伸ばす。形の良い耳を隠す銀髪をかき上げ、唇を寄せて言った。

「こちらに気付かないほど美味しいのか？」

「えっ……ひゃっ！　きゃあっ！」

耳朶に息を吹きかけてやると、ソファの上で小さく悲鳴を上げて飛び上がる。その拍子《ひょうし》に、手にしていたフォークと皿を落とす。載っていた食べかけのケーキも転がり落ち、少女の胸元に生クリームをべったりと付けて膝の上で止まった。

「あ……」

「はしたないな。さっきからずっと、唇にもクリームが付いていたぞ」

アルバートの指摘に、フィオナは頬を真っ赤にし唇を拭おうと手を上げた。その手首を捕えて、顔を寄せた。

「私が拭ってやろう」

「え……あ、んんぅッ！」

そのまま少し強引に唇を重ねると、抱き寄せてそっとソファに押し倒した。キスは甘ったるい生クリームの味だった。

甘いものはあまり好きではないのに、その甘さがフィオナからすると思うと不思議と美味しいと感じられた。

「次は私が食べる番だ……」

官能に濡れた声でそう告げると、生クリームにまみれた胸元に顔を埋めた。


「んぅ……んっ？」

暑苦しさに目を覚ましたフィオナは、布団《ふとん》を押しのけようとして、身動きできないことに気付く。なにか重たいものが体に絡みついている。それにさっきから、生温かい息が耳朶をくすぐっていた。

重い瞼を持ち上げると、部屋はまだ薄暗かった。カーテンの隙間から見える外は、白く霞《かす》んでいる。朝日が顔をのぞかせる前のようだ。

「えっ……きゃッ！」

ゆっくりと首を巡らせ、息のするほうを向いたフィオナは小さく悲鳴を上げた。ぼやけていた意識がはっきりとしてきて、心臓が早鐘《はやがね》を打っている。

フィオナを抱きしめて寝ているのは、アルバートだった。男の手足はフィオナの体をがっちりと拘束していて、少し身じろいだだけではほどけない。それどころか、胸に乗っている腕を押しのけようとすると、逆にきつく抱きしめられてしまった。

「嘘……これ、どうしよう……」

こんなことは初めてで、フィオナは戸惑う。それに暑くて、息苦しい。

なのに男の呼吸は安らかで、眠りが深いことがうかがえた。それにとても安心して眠っているのか、いつも張りつめたような顔をしているアルバートの表情が穏やかだ。

それにしても、どうしてこんな状況に……？

なんとか布団を引っ張って、肩口だけでも外に出せたフィオナは、涼しさにほっと溜め息をつき昨夜の記憶を手繰《たぐ》り寄せる。

メイドの仕事を取り上げられ、愛人だけにされてから、フィオナは立派な個室をアルバートから与えられた。そこで男が来るか、男に呼び出されるのを待つ生活になった。

昨夜は、アルバートの寝室から繋がる居間に呼び出され、なぜかアフタヌーンティーをいただいた。その後、ソファの上で抱かれてから、男の寝室に連れていかれた。

アフタヌーンティーを出されたことはともかく、行為自体に特に変わったことはなかった。ただ、少しだけいつもと抱き方が違っていた。

なにがどう違うのか、明確に言葉にはできないけれど、フィオナに触れる男の手を優しいと感じた。それとたまに、戸惑うような不思議な表情を男は時折見せた。

たとえば感じすぎて辛くてフィオナが涙ぐんだ時や、怯えたように嫌だと声を漏らした時。今までなら、もっと泣かせてやろうとか虐めてやろうといった感じで、追いつめるように愛撫が激しくなったり、わざと意地悪をされ嬲られていた。

それが、嫌がるフィオナを見て手を止める。大丈夫かと声をかけ慈しむように頬を撫でてくれたり、フィオナが気持ち良くなるような愛撫ばかりしてくれた。それはそれで、快感が過ぎて甘く苦しい一夜だった。

一晩だけで何回達したことだろう。喘ぎすぎて喉が痛い。さっき出た声も、かすれて酷いものだった。

けれど、あれだけ体を重ねたのに、そんなに疲れを感じていない。痛みもない。

あるのは甘ったるい倦怠感《けんたいかん》と肌に残る鬱血《うっけつ》の痕だけ。

そういえば昨夜は、体中に赤い愛撫の痕を付けられた。前から甘噛みされたり吸われて痕は付けられたけれど、それは疼痛から引き出される快感を与えるため。それかフィオナを痛がらせ怯えさせた後、快楽に突き落とすためのものだ。

寝ているアルバートの拘束が少し緩んだ腕から、肩を引き抜く。フィオナは布団から出した腕を持ち上げ、内側の柔らかい部分を見上げた。薄暗い中でも解るぐらい、鬱血の痕が点々と刻まれている。

痛かったけれど、それだけではない甘さが昨夜はあった。まるで貪るような切実さと、フィオナの勘違いかもしれないが愛しさのようなものを感じた。

あれは、なんだったのだろう?

それにここはフィオナの部屋だ。アルバートの寝室から続く居間とフィオナの部屋は、内側の扉で隣接しているが、彼がこちらにきて寝ていたことは今までなかった。そもそもフィオナの昨夜の記憶が途切れた場所は、アルバートの寝室だったはず。

「いつもなら……追い出すのに」

フィオナは少し拗ねた口調で呟いた。横目で見たアルバートは、相変わらず気持ち良さそうに寝息を立てている。

抱かれた後、体力のないフィオナが寝てしまったり意識を失ってしまうことは、これまでにもよくあった。そういう時は、無理に起こされて自室に追い返されるのがいつものことだった。

フィオナの部屋で体を重ねた時だけ、そのまま寝てしまっても起こされない。けれどその場合、アルバートはフィオナを置いて自分の寝室に戻っていた。

それなのに、今朝はどうしてフィオナと一緒に寝ているのだろう。アルバートの部屋で意識を失ったはずなのに。

シュミーズも着せられていて、肌はさっぱりとしている。抱かれたはずなのに、足の間に嫌な感じも残っていない。まるでお風呂に入った後のようだった。

フィオナは、腕だけでなく全身を改めてみたくなった。いつもとなにが違うのか確認したら、アルバートの真意が解るのではないかと。

さっきよりもずいぶんと腕の力が緩んだ男から、体を離そうと身じろいだ。その時。

「んっ……逃がさないぞっ」

「……きゃぁッ！」

やけにはっきりした声がしたかと思ったら、途端に強い力で腕を摑まれ引き戻された。そしてさっきより、深く男の懐の中に抱きこまれてしまっていた。

「え……ちょっ……アルバート？」

実は起きているのかと思い男の名前を呼ぶが、返事はなく耳元で寝息が聞こえた。とても気持ち良さそうだが、きつく抱きしめられているフィオナは息苦しい。

しばらくはアルバートが起きないかと耐えていたが、枕のようにぎゅうぎゅうに抱き潰されていては限界もすぐにくる。

「もっ、くるし……ッ」

我慢できなくなって男の腕に爪を立てた。

「いっ……いたっ！」

さすがに男も、痛みに目を覚ます。フィオナは腕がほどけた隙に起き上がり、上がってしまった息に胸を上下させた。

アルバートはまだ寝ぼけているのか、何度か瞬きした後、寝間着の袖をめくって赤く痕になった場所を凝視した。

「ん……なんだ？」

なにが起きたのか理解できないのか、眉間に皺を寄せた。それからやっと視線を上げ、怪訝そうにフィオナを見つめて言った。

「なんで君が、ここにいるんだ？」

「……一応、ここは私の部屋なんだけど」

完全に寝ぼけていたのだろう。フィオナの返事にはっとしたように目を見開き起き上がる。それから辺りを見回し、渋い表情になった。

「で……なんで私は引っかかれたんだ？」

寝ぼけたのが決まり悪いのか、フィオナを責めるように話題を変える。

「それは、アルバートが私に抱きついて寝てて苦しかったから」

「は……抱きつく？」

言われた内容がよく理解できない様子のアルバートに、目を覚ましてからのことを解りやすく教えてあげた。するとさらに、眉間の皺が深くなった。

どうやらフィオナを抱き枕にしていた事実は、男にとって恥ずかしいことのようだった。

それが少しだけ胸に痛い。

フィオナは抱きしめられていて嬉しかった。でも、アルバートは自分なんて抱きたくなかったのだろう。その上、引っかかれた。

「ごめんなさい。痛かったでしょう……」

「いや、別に大したことはない」

しゅん、と肩を落としていると、男の硬い声が降ってくる。怒っているのだろうか。

「そういえば、着替えさせてくれてありがとう。お風呂にも入れてくれたみたいね」

なんとなく思い出してお礼を言う。

きっと昨夜のことは気まぐれだったのだろう。いつもと違って優しいと感じたのも、勘違いだったのかもしれない。

だが、ふと顔を上げるとアルバートが複雑な表情をしていた。ばつの悪そうな、焦りを押し隠すような不思議な顔つきだ。そらした顔が、ほんのりと赤いようにも見える。

「いや……あれはだなっ、裸にしておいたら風邪でもひくんじゃないかと思ってっ」

動揺したような声で、無理をさせるとすぐに熱を出すからと付け加える。語尾が変なふうに裏声になりかすれていた。

もしかして、怒っているとか嫌だとかそういうのではなく、照れ隠しなのだろうか。フィオナが首を傾げると、アルバートは咳払いして話を変える。

「それにしても、君のクローゼットにはなにも入ってないな。荷物はあれしかないのか?」

「ええ、療養先から持ち帰ったものだけよ。あとは屋敷にあったのだけど……」

言葉を濁すと、アルバートもなにか察したのか無表情で黙りこむ。

ドレスまで抵当に入れられ売られたのかは不明だが、あの時に荷物をまとめてアルバートについていく暇なんてなかった。あってもどうせ五年前のドレスなので、サイズが合わないだろう。そして療養所にいる間に、ドレスを仕立てたこともない。

だから持っていたのは、ボストンバッグ一個だけ。

療養所でドレスなど必要なかったので、中に入っていたのは下着類と小物。外出着のドレスが一着。それと着ていた喪服だけを持って、アルバートの屋敷にやってきた。

それからはメイドをしていたのでお仕着せがあれば充分で、ドレスはこの間の夜会で着せられたのがクローゼットにかかっているだけだった。

メイドをクビにされ、愛人として個室を与えられてからは、特に外出することもなかったので、手持ちのドレスだけで過ごしていた。喪服も葬儀用の小物を付けなければただの黒いドレスだし、メイド服はエプロンを外してしまえば動きやすい普段着になる。だから着るものに特に困ってはいなかった。

だが、アルバートはそうではなかった。難しい顔でおもむろにベッドから降りると言った。

「私の愛人がまともにドレスも持ってないのは恥だ。これから買い物にいくぞ」

「フィオナ様、旦那様からお花が届きました」

「ありがとう……今日は百合《ゆり》なのね」

大きな百合の花束を抱えて入ってきたメイドに、フィオナは慌ててソファから立ち上がる。読みかけの小説をサイドテーブルに置き、花束を受け取った。百合の甘い芳香《ほうこう》が辺りを包む。

相変わらずカードのようなものは付いていない。どういうつもりなのか解らない花束やプレゼントを、もうかれこれ毎日のように受け取っている。ドレスを買いに行った日からだ。

あの日、アルバートに最初に連れていかれたのは仕立て屋で、ドレスを何着かオーダーすることになった。それから次にデパートへ行き、アルバートは装飾品や小物、化粧品を次々と購入した。

一日でどれだけ散財したのだろうか。みるみるうちに増えていくリボンの付いた化粧箱の数に、フィオナはただ圧倒されるしかなかった。伯爵家の令嬢だった頃でも、こういう買い方をしたことはない。それだけ今のアルバートには財力があるということなのだろう。

それから数日は、買った商品が屋敷に届けられる日々だった。それもまばらになってくると、男からのプレゼントが届くようになった。花やお菓子、本、アクセサリーなどだ。

一度、どういうつもりなのか本人に聞いてみたが、あまりになにも持っていないから揃えてやっていると流されてしまった。それが本心なのかもしれないが、別の本音も隠されているような気がしてならない。いや、フィオナにとって都合の良い本音が欲しいだけだ。

愛されているから……。

そう思いたくなる気持ちを抑えられない。貢がれただけでなにを思い上がっているのか、愛人だから、男の見栄や体面のために着飾らせ贅沢をさせているだけかもしれないのに。

そう自分を何度もいさめているが、届けられるプレゼントを前にすると気持ちが揺らぐ。

せめてメッセージでもあればいいのだが。そこに、フィオナが勘違いできないような事務的な言葉でも書いておいてほしい。

抱き方も、もうずっと優しい。前みたいな意地悪は減り、フィオナを慰み者ではなく一人の女性として扱ってくれているような気がする。愛はなくても、情ぐらいはわいたのではないかと思いたかった。

小さく溜め息をつくと、花瓶《かびん》を用意したメイドに花束を渡してソファに戻ろうとした。その時、外で大きな音がしてフィオナは足を止める。

「あら、あれはなにをしているの？」

窓の外を見下ろすと、汚れた作業着の男性たちが板や工具を担ぎ、手にはペンキの缶を下げて庭を歩いている。

「ああ、あれは部屋を改装することになって。それの業者です。旦那様の寝室の隣に空き部屋がありますでしょう。あそこを使えるようにするらしくて」

「隣の部屋って……」

「あっ……すみませんっ。仕事があるので、私はこれで失礼いたしますっ」

よけいなことを言ったことに気付いたのだろう。メイドは手早く花瓶に花を生《い》けると、慌てて部屋から出ていった。

フィオナはそんなことには気付かず、窓の外を見下ろしていた。業者の男性が抱える壁紙の柄がちらりと見える。ペパーミント色の可愛らしい花柄だ。

「あの部屋を改装って……誰が来るの？」

ぽつりと零されたフィオナの不安に、返答してくれる者はいなかった。

確か、あそこは妻が使う部屋として作られていると、前に家政婦が言っていた。メイドの時に一度、掃除で入ったことがある。広くて日当たりが良く、居間と寝室、衣裳《いしょう》部屋の三室からなる構造だ。それから洗面台や浴室が豪奢で、設備が充実した素敵な部屋だ。

それにひきかえ、アルバートの居間から続いているフィオナの部屋は、元は使われていない書斎だった。それを家具を入れ替えて寝室にしている。改装なんてしていないし、洗面台も浴室もないので、いつもアルバートの寝室の浴室を使わせてもらっていた。

比べてしまうのはいけないと思うのに、つい扱いの差を感じてしまう。自分はただの愛人なのに、妻の部屋を使う誰かに嫉妬している。

それ以上に、押し寄せてくる不安に胸が苦しい。窓枠に置いた手が震えた。

アルバートからのプレゼントの数々に舞い上がっていた自分は馬鹿だ。

ここから追い出されてしまうのだろうか。メイドの仕事もきちんと覚えていないのに。今、追い出されたら仕事も見つけられない。借金もどうなるのだろう。

それとも、愛人と正妻を同じ屋根の下に置くつもりなのか。そんな状態に、耐えられる自信はなかった。

けれどアルバートがそうすると言えば、借金を肩代わりしてもらっているフィオナは逆らうことができない。

「私はどうなるの……？」

眩暈がしてカーテンにしがみ付く。その時だった。

「ここから出ていけばいいのよ」

聞き覚えのあるあまやかな声に驚いて振り返ると、部屋の入り口にケリーが立っていた。

彼女は相変わらずの華やかないでたちで、羽根のついた日傘をくるくると弄びながら部屋に入ってきた。

「な、なんであなたがここにっ？」

「エドモンド子爵がね、アルに用事があるっていうから強引についてきたのよ」

フィオナの借金の件で、アルバートは子爵に何度かに分けて現金を支払っていると聞いた。他にもノースブルック家が営んでいた事業の引き渡し契約やなにかで、子爵と話し合う必要があるらしい。

そして一緒に屋敷に入ってきたケリーは、使用人の目を盗んでここまできたと言う。

「ふぅん、狭いけどけっこう良い部屋ね」

フィオナの質問には答えずに、部屋のものを勝手に触り小物入れを開けたりする。その失礼な振る舞いに苛々しながらも、ケリーにもう一度たずねる。

「どういったご用件ですか？」

「あら、ドレスも素敵ね。アルに買ってもらったの？」

「ケリーっ！」

はぐらかしてばかりのケリーに苛立ち、ドレスのレースやフリルに断りもなく触れるその手を振り払う。すると、やっと彼女がその勝気な緑色の目をこちらに向けた。

「さっきも言ったじゃない。ここから出ていけって。それを言いにきたのよ」

「なっ……！」

唐突に放たれたきつい言葉に、返す言葉を失う。それを嘲笑うように、ケリーの赤い唇が弧を描いた。

「改装中のあの部屋ね、私が入ることになるのよ」

「な、なんですって？」

あまりのことに声が震えた。ケリーは面白い玩具でも見つけたように、にやにやと笑いながらフィオナの周りをゆっくりと歩いて窓辺に近付く。

「要するに私がアルと結婚して妻になるって意味よ」

「嘘よっ……だってっ」

夜会でのアルバートとケリーの会話は、親しげなものではなかった。彼女のことを、男は迷惑そうにしていた。それでいきなり結婚だなんて有り得ない。いくら二人が過去に婚約していたからといって、ケリーは今はエドモンド子爵の愛人なのだ。

もしかしたら、本当の目的は結婚ではないのかもしれない。またなにか企んでいるのではないか。アルバートを陥れるつもりなのかと睨み付ける。

けれどケリーは余裕の表情で、フィオナのことを鼻先で笑う。

「嘘じゃないわ。男女の仲なんて、不思議なものよ。反発しあってても、次の瞬間には燃え上がるような恋をしていたり。終わったはずの恋が再燃するなんて、よくあること。お嬢様には解らないことだったかしら？」

嫌味な言い方に、噛んだ唇が痙攣する。

「アルはあなたのことも愛人として囲っておくつもりらしいわ。借金のこともあるし、帰

「でも、そう言えるだけの根拠《こんきょ》もなくて、フィオナはる家もなくて可哀想だから、ここに置いておきたいなんて言ってるの」

　そんなのは全て嘘だと否定したい。でも、そう言えるだけの根拠《こんきょ》もなくて、フィオナはスカートをぎゅっと握りしめる。

「でも、酷い話よね。妻がいるのに愛人まで同じ屋敷に置くなんて。だから、あなたから出ていってほしいのよね。そのほうがお嬢様もいいでしょう？　惨めにはなりたくないわよね？」

　フィオナは唇を切れそうなほどきつく噛みしめて俯く。

　できることなら、ケリーの言う通りにしたかった。でも、彼女の過去を知っているだけに、それはできない。

　妻になることをなんとしても阻止したい。それができないなら、惨めでも愛人としてアルバートの傍にいる。ケリーが男を裏切らないか見張っていなければならないだろう。

「私は出ていきません。ここでアルバートの愛人として暮らすわ」

　顎をくっと上げ、持てる限りの威厳でもってケリーに言い放った。それに彼女はとうとう面白くなさそうに、口元を歪める。

「アルが、あなたに対して復讐を目的として私を妻に迎えるとしても同じことが言えて？」

「むしろそのほうがあなたと結婚する理由に納得できるわ」

　アルバートが誰かを愛して妻を娶《めと》るぐらいなら、復讐で結婚されるほうがマシだった。

たとえどんなに惨めでも、結婚した理由が自分にあるのなら、それは妻への純粋な愛ではない。それがフィオナは嬉しかった。

まさか、こんな暗い喜びを感じる日がくるなんて思っていなかったけれど、相手がケリーなら情けを感じる必要もない。

「あなたとアルバートの結婚生活を邪魔することにするわ」

今度こそ、絶対にアルバートを守りきる。その強い意志を視線にこめた。

「あっそ。思ったより強情ね。まあ、あれだけのことをしたお嬢様ですものね。ひ弱そうに見えても肝《きも》は据《す》わってるってことね」

ケリーはあのことを知っているらしい。エドモンド子爵から聞いたのだろう。

すると彼女はにいっと下品な笑みを浮かべ、意味深な言葉を放ったのだった。

「でも、あなたが出ていかないって言うなら……私、警察に行くことにするわ」

7　復讐者は言葉を誤る

自分はなにを先走っているのだろう。

改装の終わった部屋のソファに座り、足を組んで腕組みをする。ずっと使われていなかった部屋は、明るい色の壁紙に貼り替えられ、カーテンや絨毯もそれに合わせて一新した。

他にも、家具がなにもなかったので、ベッドやチェスト、飾り棚、ソファなど必要そうなものは買い揃えて運びこんだ。どれも女性が好みそうな、上品で可愛らしいデザインのものだ。

だが、よく考えてみたら、この部屋を使う予定であるフィオナの好みをなにも知らなかった。

いまさらながら、これで良かったのかと真剣に悩みだしたところだった。それに好きな相手の好みも知らない自分に激しく落ちこむ。

自分の気持ちを自覚してから、フィオナにはあれこれと一方的に貢《みつ》いだ。これまでの詫《わ》びと、少しでも好意を持ってもらいたくてのことだったが、振り返ってみるとやや迷走気味だったような気がする。

メッセージカードもなにもないプレゼントは、フィオナにしてみれば意味が解らなかっただろう。一度、どういうつもりなのか聞かれた時は、フィオナがなにも持っていないから施してやっただなんて、酷い返答をしてしまった。もう少し、別の言いようがあったのではないかと思う。

あれでは、なにを貰っても喜べないだろう。おかげで、フィオナがなにをプレゼントされたら嬉しいのかも解らなかった。

しかも最近、フィオナの様子がおかしい。なにか悩んでいるようで、どこか上《うわ》の空なのだ。それにアルバートのことを避けている。嫌われている自覚はあるので、避けられるのは当然のことだが、今まではそんなことはなかったのだ。

なにかまた嫌われることでもしたのだろうか。最近は酷い抱き方もしていない。ぎこちないが、アルバートなりに優しくしているつもりだった。

こんな時に、新しい部屋を与えて喜んでもらえるだろうか。フィオナが金銭や高価なもので喜ぶような女だったらいいのに……。だが、そういう女だったらアルバートはここまで惹かれなかっただろう。

眉間の皺が深くなり、部屋を睨み付けるように見回して嘆息した。すると、執事が小切手を持って恐る恐る近付いてきた。

「旦那様、お気に召しませんでしたか？」

「え？　いや、別に……」

気に入るもなにも、それはアルバートが決めることではない。この部屋を与えようと思っているフィオナの問題だ。

ふと、執事の後ろで小さくなっている業者を見て合点がいった。

「ああ、悪い。ちょっと考え事をしていただけだ。改装に不満があるわけじゃない」

そう言うと、業者があからさまにほっとしたような顔をする。

「左様でございますか。では、こちらにサインを頂けますか」

執事が差し出した小切手にサインをしてやると、業者はすぐに帰っていった。アルバートはまだソファに座ったまま、苦悩していた。

フィオナが部屋を気に入らなかったらどうしよう。それから先走って購入した家具もだ。使いにくいとか、趣味じゃないと言うかもしれない。だがその場合は買い換えればいいし、もう一度改装すればいいだけだ。

一番厄介なのは、内心不満でもありがとうとお礼を言われた場合だろう。

「やっぱり最初から本人に聞けばよかった……だが、そうなると……」

どうして部屋を移らなくてはならないのか話す必要が出てくる。そうなるとアルバートの気持ちを告白しなくてはならない。

「いや、まずい……それはまずいぞ」

そもそもフィオナには嫌われている。本人に確認したことはないが、嫌われるようなことしかしていない。告白したところで玉砕《ぎょくさい》するのは目に見えている。

そういえば、この屋敷に連れ帰った日に嫌いだと言われたのを思い出し、再び凹む。あの時、ついかっとなったが、あの頃からフィオナのことを意識していたのだろう。昔から、綺麗なお嬢様と思っていて、外見だけは好みだったのだから。

「そうか……嫌いか。嫌い……」

それに狂言事件を起こされるほど、昔から嫌われているらしい。だが、嫌われるほど昔のフィオナと関わった覚えがなかった。

「私のなにが駄目だったんだ……」

女性の対応に関しては、常に気を付けてきたほうだと思う。発言には注意し、変に気を持たせるような言動も慎《つつし》んできた。それは相手が年端《としは》もいかない少女であってもだ。

相手を淑女として扱い、礼節をわきまえ紳士的に振る舞っている。

ただ、再会してからのフィオナに対する態度は自分でも酷いと思う。狂言のことがあり、悪女だと思っていたので、それなりの扱いをしたままでだが……。

実際のフィオナは、そういう女ではなかった。処女だったことやメイドとしての真面目な働きぶり。そして実際の療養所での生活を知り、少女に対する評価をアルバートは改めることになった。

だが、そうなってくると、なぜフィオナは真実を語らなかったのだろうと疑問がわく。恨まれているから、アルバートに信じてもらえないと思い自棄《やけ》になっていたのか。真相は本人に聞いてみないことには解らないだろう。

「それに他にも解らないことばかりだ……」

「旦那様、考え事の最中に失礼いたします。ご報告したいことがあります」

ぶつぶつと独り言を呟いていたアルバートは、とっくに出ていったと思っていた執事の声にびくっとソファの上で跳ねた。

「……なんだ？」

「この間のことですが、こういったことを内密に調査してくれる、信用のおける人物を紹介して頂きました。こちらですが、いかがでしょうか？」

「ああ、ありがとう」

執事が差し出した書類には、その人物の来歴についてまとめてあった。

その人物は探偵のような仕事を生業《なりわい》にしている男性で、主に素行調査などをしている。元は警察関係者で、あちこちにコネもあるようだった。

アルバートがこのような人間を雇うことにしたのは、フィオナの気持ち以外にも解らない事柄が浮かび上がってきたからだ。

この間の執事からの報告で、フィオナは心神喪失でアルバートに襲われたと嘘をつき、伯爵家の事業資金を盗んで使いこんだということが解った。だが、それとは別に思いもよらない新事実が出てきたのだ。

フィオナが療養所へ厄介払いされてからの話だ。伯爵家の事業資金が横領され、警察に被害届が提出された。その犯人はアル・マーシャル。すなわち、アルバートのことだ。

伯爵家は短期間に身内から二度も金を盗まれたのだと、執事が話を聞いた元使用人は語った。ただ、フィオナの金の使いこみに関しては、内々に処理され外に漏れないよう伯爵が手を打ったらしい。知っているのは、屋敷の使用人でもごく一部だそうだ。

逆にアルバートの横領《おうりょう》事件については、内外ともに知れ渡っているらしい。主人のお嬢様を襲おうとしただけでなく、横領までして逃げたと。

身に覚えもないのに、酷い話である。まさか二つも冤罪をこうむるなんて。

だが、こうなってくると、アルバートが横領したという金はどこにいったのか謎だ。

フィオナが使いこんだ金というのも、実際はなにに使われたのか証拠がない。

どちらも金が行方不明で、それも同時期に起きている。これはとても不自然なことではないだろうか？

執事もなにかおかしいと思い、さらに詳しく調査をした。だが、これ以上の情報は得られなかったという。もう執事一人の手にはあまる内容になっていた。

そこで、アルバートが横領したことになっている事件について、専門の人間を雇い、引き続き調べることになった。

調査を生業にする男の来歴や人物像にざっと目を通したアルバートは、うん、と頷いて資料を執事の手に戻した。

「これでいい。依頼してくれ」

「それから、法律的なことですが顧問弁護士に相談したところ、詳しい人間を知っているので、その方を紹介してくださるそうです。とても有能な方だとお聞きしました」

「そうか、じゃあそっちも頼む」

弁護士は、横領事件の冤罪を晴らす上で重要だ。他にも、アルバートの改名《かいめい》の件もある。

ノースブルック領を出てから、アルバートは世話をしてくれた恩人《おんじん》の勧めで名前を変えた。横領事件と関係があると思われては面倒だからだ。

実際は、フィオナの狂言による汚名を隠すためだった。貴族同士どこで繋がっているか解らないので、同じ名前だと雇用してくれる屋敷がないかもしれないと考えたからである。

また、この国では平民の戸籍《こせき》は適当なもので、家系図までさかのぼれる貴族は別にして、一般人の改名などよくあることだった。姓がない者も多く、住む場所や仕事を変えたことで、心機《しんき》一転《いってん》で名を変えたりする。それぐらい気軽なことだ。

それでも改名のタイミングを考えると、あらぬ疑いをかけられても文句は言えない。エドモンド子爵とも再会したことを考えると、先手を打っておいて損はないだろう。きっと子爵ならば、あの時になにがあったのか真相は知っているはずだ。

だいたい、一番横領をしそうなのはエドモンド子爵だ。真相は、あの男の横領の罪をなすり付けられたと考えるのが自然だった。

「どう考えても、子爵が犯人だとしか思えないのだがな……」

アルバートは目を据わらせ、ぼそりと呟く。すると隣で懐中時計を取り出した執事が、モノクルの位置を直しながら言った。

「旦那様、もうすぐそのエドモンド子爵とお会いになる予定のお時間です。馬車をご用意いたしますか？」

そういえば、今日は最後の金銭引き渡しの日だった。

フィオナの借金の肩代わりの件は、一括で支払うには金額が多すぎて、すぐに銀行で用立てられないということで、分割して支払う契約を交わした。まあ、実際は貸金庫にある現金を持ってくればそれぐらいは一括で支払えたのだが、あえて手元に現金がない振りをして分割支払いにした。

エドモンド子爵のことを信用していなかったからだ。

フィオナの狂言のことを掘り返され、周囲に変な噂をばらまかれては困ると思った。商売は信用第一だ。いくら冤罪でも、悪評は避けたい。

だが、あの欲深な男なら、こっちが全額支払うまでは下手な動きはしないだろう。その間に彼の身辺を洗い、口止めするネタでも摑もうと思っていたら、アルバートの横領事件が浮上してきた。

フィオナの狂言より、こちらのほうが噂になったら一大事だ。

「まだ……全額は支払わないほうがいいだろうな」

「そのように銀行のほうには手配してあります」

優秀な執事は先回りし、銀行のミスで金が用意できていないということにしたそうだ。アルバートは口端を歪め、冷たい笑みを浮かべると立ち上がった。

「ふんっ、子爵に説明ついでに探りでも入れてみるか」

「あまり挑発なさらないようにしてください」

執事の忠告に肩を竦めると、用意された馬車に乗って引き渡しの約束をしてある銀行に向かった。アルバートの馬車が銀行の前に着くと、すでにエドモンド子爵の馬車は到着していた。

「アル、待ってたのよ」

馬車を降りてすぐ、どこに隠れていたのかケリーが現れ腕にその手を絡めてきた。アルバートは苦笑いを浮かべ、やんわりと手を引き剝がす。だが、しぶとい彼女は引き剝がす手に指を絡め、繫いでこようとする。

「ケリー……やめてくれないか。君は子爵の愛人だろう。こういうのは困る」

手をぴしゃりと叩き落とした。女性相手に失礼かと思ったが、これぐらいはっきりと拒絶しないとあきらめない相手だ。

そしてこの程度でへこたれもしない。

「もう、つれないわねぇ」

ケリーは唇を尖らせ甘い声を出し、誘惑するように豊満な胸を突き出す。相変わらず、男好きのする容姿と仕草だ。

昔はこの積極性を可愛いと思っていた。あからさまに媚びていることは解っていたが、自分のことを好きでしているのかと都合良く解釈し、それはそれで愛しいと思ってしまうのが男である。彼女はそういう男性の心理をよく解っていた。

だが今はもう、ケリーの媚態《びたい》に興味は持てなかった。昔からアルバートではなく、アルバートの持つ金を好いていたのは感じていた。それが子爵の愛人になったと知り、納得した。

やっぱり金なのかと。

しかし、アルバートもケリーのことは言えない。あの頃の自分とて、純粋に彼女のことを愛していたわけではなかった。彼女の容姿や男性からの人気に惚れていたのだ。

まだ若くて鼻っ柱が強かったアルバートは、自分を飾り立てる見栄のためにケリーを選んだ。平民の自分が手に入れられる最高の女性だと思ったからだ。金に目がくらんだ彼女と、そう変わらない品性だろう。

だが、フィオナの狂言で屋敷を追い出されたアルバートを、手の平を返すように捨てたケリーを見て目が覚めた。

なにが最高の女性なものか。いくら頭が良く才能に恵まれていても、自分は大切なものはなにも見えていなかったのだ。

だから今はもう、彼女の悩ましい媚態を見せつけられても、安っぽい美女にしか見えなかった。

「それで、君はここでなにをしているんだ？　子爵はどうした？」

「子爵なら中よ。私はここで待ってろって。つまんないったらないわ」

甘ったれた口調で、アルバートをちらちら上目づかいで見る。かまってよとでも言うように。

「そうか。では、私も失礼するよ」

「えっ、ちょっと待ってってばっ……！」

玄関に出てきた銀行員に促され、アルバートはケリーを無視して関係者出入り口へ向かう。もうこれ以上、彼女と話すことなどない。

「アル、待ちなさいよっ！」

「うわっ……！」

後ろからぶつかるように腕を摑まれ立ち止まる。顔をしかめて振り返ると、ぐいっと強く腕を引かれ体が傾いだ。耳元にケリーの唇が寄せられる。

「ねえ、知ってる。彼女、浮気しているわよ」

唐突な言葉に、アルバートは瞠目《どうもく》し眉根を寄せる。ケリーのくすくす笑う吐息が、耳朶に当たった。

「どういう意味だ？」

「そのままよ。フィオナお嬢様、最近様子がおかしくない？」

思い当たるふしがあったアルバートは、一瞬だけ表情をこわばらせる。上手く隠せたつもりでも、勘の良いケリーにはバレていた。

「やっぱり。私、見たのよね。男といるところ」

「なにを言っているんだっ。フィオナが男と会う機会なんかないっ！」

相手にしては駄目だと思うのに、つい挑発に乗って反論してしまう。

そもそもフィオナは、アルバートの屋敷からほとんど出ていない。外出する時はメイドが随行していて、外でなにがあったか逐一アルバートに報告される。少女が一人で男と密会できる隙なんてなかった。

「変な嘘をついてまで、私の気を引きたいのか？　もう、いい加減にしてくれっ！」

軽く怒鳴りつけ腕を振りほどくと、アルバートは今度こそケリーに背を向けて歩き出した。その背中を、甘く毒々しい声が追いかけてくる。

「男って馬鹿ね。女は嘘をつくのが得意な生き物よ。特にあのお嬢様に関しては、とんでもない嘘をついてるじゃない。あなただって、気付いてるわよね。あの子は、色々と隠し事をしているわよ」

惑わされては駄目だと思うのに、動揺し足を止めそうになる。あの魔女は、人を惑乱させる言葉を操るのが上手い。そうやって世渡りしてきた女だ。だから聞いてはいけない。

アルバートは耳を塞ぎたくなる衝動を抑え、早足でその場を去った。


「どうした？　楽しくないか？」

隣を歩くフィオナにそう声をかけるが、ぼうっとしているのか、少しテンポが遅れて返事がきた。

「え……あっ、そんなことはないけど……」

声に覇気がない。人の話をまったく聞いていなかったようだ。

アルバートは少しだけむっとしたが、すぐにその表情を押し隠し、怒りを散らすように周囲に視線を向けた。

よく晴れた昼間の王立公園には、散歩をする人やスポーツを楽しむ人、自転車や乗馬に興じる者などで賑やかだった。大道芸人がいるらしき輪のほうからは、大きな歓声や拍手、笑い声が聞こえてくる。

ちらりと、横目でフィオナを盗み見るが、聞こえていないのか興味がないのか、俯き加減で無表情だ。少し眉間に皺が寄っているようにも見える。

アルバートが買ってやったドレスは明るいピンク色なのに、それを着た少女の顔色は優れない。首を覆う何重にもなった白いレースより、肌が青白く見えた。

散歩に誘ったのは失敗だったのだろうか……。

ちょっとしたデートのつもりだったアルバートは、気持ちが萎えそうになっていた。最近、塞ぎがちな少女の気晴らしになればと思ったのだが、迷惑だったのかもしれない。

アルバートは解らないように嘆息する。フィオナが喜ぶことをしてやりたいと思うのに、それがなにか解らなくて空回りしている。

こんなことなら、屋敷で話をしたほうがよかったのかもしれない。

なにを悩んでいるのか聞きたかったし、部屋を移すことも話したかった。改装をしたはいいが、肝心の本人にはまだなにも言っていない。つい先走って勝手に決めてしまったことを、拒否されるのが怖かったからだ。

だが、時間がたつほど言いにくくなるもので、気付いたら改装が終わって数日がたっていた。切り出すタイミングを完全に見失った。

しかも改装した部屋は、主人の妻が使う場所だ。要するにそういう意味もこめて、フィオナに使ってもらいたいと思っている。

これは一種のプロポーズだ。

だからなのか、話を切り出そうとすればするほど緊張で声が出なくなってしまう。今も手の平は汗でびっしょりとなっていて、ステッキを強く握りしめていないと落としてしまいそうだった。

なにもストレートに結婚してくれと言うわけではない。部屋を移ってくれと言うだけなのに、どうしてこんなに緊張してしまうのだろう。断られるのがこんなに怖いと思った商談は初めてだ。

それにこれを拒絶されれば、結婚なんてさらに遠のく。そもそも好意を持たれているとは思えない関係なので、これから先もプロポーズなんてできないのではないだろうか。そんな嫌な予感しかしない。

どう考えても絶望的な状況だというのに、なんで改装なんてしてしまったのか。自分は馬鹿なのか……。

フィオナに関してだけコントロールできなくなる自分の感情と行動に、アルバートは頭を抱えたくなった。

他にも、この間ケリーが言っていたことも気になる。どうせ嘘だろうと思うが、フィオナが浮気をしない確証はどこにもない。そもそもアルバートとフィオナの関係は、心が結ばれてのことではないのだから、裏切るのは簡単だろう。その場合、借金の肩代わりを条件に体の関係を強要しているアルバートが悪役だ。

どうして、こんなことになってしまったのか。なにもかも不利な条件しか揃っていない。仕事だったら無能もいいところだ。

アルバートはきりきり痛む胃の辺りを押さえ、緊張による吐き気を紛らわすために咳払いした。

失敗に終わる結末しか見えなくても、ここまできたのだから話を切り出そう。もし嫌がられても、今の二人の関係ならばフィオナに拒否権はない。よけいに関係が拗《こじ》れることは目に見えていたが、もういっそ命令で結婚してしまってもいい。

それぐらいフィオナのことを手放したくないと思っていた。

半ば自棄になって、アルバートは口を開いた。

「実は、君が今使っている部屋なんだが……えっ、フィオナっ？」

ふと、横を見るとフィオナがいなかった。驚いて振り返る。

数メートル後ろで、少女がうずくまっていた。

「おいっ、どうしたんだっ！」

慌ててフィオナのところまで戻り膝をつく。胸に抱き寄せると、少女はか細い声でごめんなさいと謝る。

「気分が……急に悪くなってしまって」

「そうなる前に言えっ！　驚くじゃないかっ！」

慌てふためいて、ついきついことを言ってしまう自分にさらに焦りを募らせながら、フィオナを抱き上げて近くのオープンカフェに向かった。

少女を木陰《こかげ》にあるラタンの長椅子に寝かせると、ウエイトレスに多めにチップを握らせて面倒を見るように頼む。その間に、アルバートは公園内の道路に出て辻《つじ》馬車を止めてフィオナのもとに戻った。

すると、面倒を頼んだはずのウエイトレスの姿はなく、代わりに見知らぬ紳士がフィオナの世話をしていた。顔色の悪い少女の口元にグラスを持っていき、水を飲ませてやっている。口の端から水が零れれば、それをハンカチで拭ってやったりと甲斐甲斐しい。

ただ世話をしているだけなのかもしれないが、その動作にいちいち下心が潜んでいるように見える。それと同時に、ケリーの言葉も思い出し、アルバートの頭に血が上った。

「誰だっ、貴様はっ！」

親切なだけかもしれない相手に、いきなりこの発言は失礼だと自分でも解っていた。解っているのに、むき出しになる敵意を隠すことができない。

「フィオナに触るなっ！」

唇に押し当てられていたグラスを強引に奪う。零れた水が、男のジャケットを濡らしたが謝る気にもなれない。

「申しわけない。連れがいたんですね……よけいなことをしました」

男性は怒るでもなく、立ち上がって肩を竦めて苦笑いをすると早々に立ち去っていった。

自分の狭量《きょうりょう》さに後味の悪さを感じながら、アルバートは具合の悪そうなフィオナを抱き上げ無言で辻馬車に乗りこんだ。

屋敷に戻ると、フィオナの部屋ではなく、改装した妻の部屋に少女を運んでベッドに寝かせた。その頃にはもう具合も良くなってきたのか、頬に血色が戻ってきていた。

「大丈夫か？　医者を……」

「いい……いらない」

主治医を呼ぼうとするアルバートの腕を、フィオナが摑んだ。いつにない強い力に、アルバートは足を止める。

「だが……」

「いいの。ただの貧血だから、気にしないで」

フィオナはよくあることでもう治ったと言い、ベッドに起き上がった。

「本当に大丈夫なのか？」

「ええ……もう平気だから。ごめんなさい、心配かけて」

まだ納得できなかったが、微笑むフィオナに今までにない威圧を感じて黙りこむ。静かな押しの強さを疑問に思った。

「それより、この部屋って……」

辺りに視線を巡らせるフィオナに、アルバートははっとした。

勢いでこの部屋に連れてきてしまったが、告白する覚悟はまだ決めていなかった。嫌な汗が背中を伝う。

「えっと……さっきの男は誰だっ？」

話をそらすつもりで開いた口から出たのは、本当にくだらないことだった。だがある意味、アルバートが今一番、気にしていることでもある。

「え……さっきの人？　さあ、知らない人だけど……」

フィオナは首を傾げ、ウエイトレスが仕事で呼ばれあたふたしていると、お客だったその紳士が代わりに面倒を見ておきましょうと申し出てくれたのだと話した。幸い、意識が朦朧としていた少女は、アルバートがその紳士を邪険に追い払ったことは覚えていないようだった。

情けないところを知られなくてよかった。それと浮気でもなかったと、内心ほっとしたのも束の間。フィオナが申しわけなさそうにベッドから降りようとした。

「あの、それより私、ここにいたらいけないいんじゃない。だって、このベッド……」

「いやっ、いいいんだっ！　ここで寝てろっ！」

「でも……ここは……」

困惑するフィオナに、アルバートはとうとう覚悟を決めて言った。

「この部屋は、君のために改装したんだっ……だ、だからここを使ってくれないかっ」

柄にもなく緊張しているのか、どもってしまう。恥ずかしさに表情がこわばり、フィオナを見ていられなくて視線をそらした。

「それって、どういう……」

困惑したような声に苛々した。どうして察してくれないのかと、無理なことを願ってしまう。

だが、今までの行いを考えたら、意味が解らなくて当然だ。

「だから、そのつまりっ……私と結婚しろと言っているっ！」

荒らげた声での告白は、まるでプロポーズにはほど遠かった。上から目線の命令だ。

部屋がしんと静まり返る。

アルバートは自分の不甲斐なさというか、動揺しすぎな不始末に眩暈がした。もう少し、言い方というものがあるだろう。そして物事には順序というものがある。

雰囲気作りも大失敗で、死にたい気分だった。もう、いっそフィオナが泣いて嫌がっても強引に結婚に持ちこんでしまおうかと思った時だ。

「それは嬉しいけど……でも、無理」

か細い声に顔を上げる。フィオナがとても困惑した表情をしていた。

そしてアルバートの脳に、言葉の意味が到達するまで数十秒かかった。

「え……？　えっ！」

意味が到達はしたが、さっぱり意味が解らなかった。

嬉しいとはどういうことなのか。今のプロポーズに嬉しがる要素など微塵《みじん》も含まれていなかっただろうと、我ながら思う。しかも嬉しいと言いつつ、最後には無理としめくくる。持ち上げてから落とすとは、あまりにも酷い断り文句だ。

要するに、前半の嬉しいは社交辞令か。

一瞬、光が見えたような気がしたアルバートは、すぐさま真っ暗な谷底に突き落とされた。目の前がとても暗い。気分がどんよりとして、吐き気がする。

「そうか……そうだな。そういう答えになるのが普通だ。それはよく解る」

冷静になれと心の中で唱えながら、言葉を探す。なにかこの場を収める案を出さなくてはと思うのに、口から出たのは自尊心を守る言葉だった。

「だが、そんな勝手は許さないからな」

どうやらこの期に及んで、自分は醜態を晒したいらしい。内心やめろと思うのに、口が動くのは止まらなかった。

「この私が結婚しろと言ったのだから、君はそれに頷くべきだ。そもそもこれは決定事項であって、君に拒否権はないっ！　嫌なら、今すぐ借金を全額支払うことだな！」

最低最悪のプロポーズになってしまった。もちろんフィオナはというと、泣きそうな表情で震えている。

可哀想に。自分が苦しめているのに、同情してしまう。

処女を奪われ愛人にされ、メイドもさせられたりと、この短期間で散々だったことだろう。その上で、好きでもない男に結婚しろと迫られているのだから、泣きたくて当然だ。

本当に、自分はなにをやっているのだろう。

愛していると思うなら、借金なんてなかったことにして解放してやればいいではないか。でも、それができない。借金がなくなれば、フィオナとの繋がりなんてなくなってしまう。少女が自分に好意を寄せてはくれないと解っているから、よけいに自ら手放すなんて考えられなかった。

エゴなのだろう。愛していると思いながらも、アルバートは自分のことしか考えていない。

「フィオナ、君の我がままは聞けない」

我がままなのはアルバートのほうだ。それなのに、己のプライドを守りたいがために責任をこの小さな少女に押し付ける。自分はなんて卑怯者なのだろう。

フィオナはそんなアルバートに対し、涙目で首を振る。

「どうしてそんな……結婚なんてっ」

「それは君のことをあいっ……」

本音を言おうとしてやめる。本心を言っても惨めなだけだ。

アルバートは腰を屈めると、逃げ腰になっている少女の腕を摑んで顔を寄せた。

「君と結婚すれば伯爵の位が手に入る。それで借金は半分に減らしてやろう」

低い声で脅すように耳元で囁く。

「そして男子を産んだら、借金を全てなくしてやる」

もちろんそれで解放してやるつもりはない。少女は子供を取り上げられて捨てられるとでも思っているようだが、アルバートは子供を人質にフィオナを繋ぎとめるつもりだった。

「いいか、解ったな。君は私のものだ」

アルバートは冷たくそう言い放つと、なにか言いたげに開かれた赤い唇を乱暴に塞いでベッドに押し倒した。

「い、いやぁっ！」

抵抗するフィオナを押さえ付け、乱暴に服を脱がした。さっきまで具合が悪かった少女の抵抗は弱々しいもので、じゃれているぐらいにしか感じない。

コルセットを外し無言でシュミーズを引き裂くと、アイスブルーの瞳が怯えたように潤んで涙を流した。それを可哀想だと思うのに、興奮する自分を抑えられなかった。

これは自分のものだ。誰にも渡さない。本人が嫌がっても、手放さない。逃げるなら監禁してしまおう。そんな危険な思考がアルバートを支配する。

「ひっ……やだぁッ」

乳房を乱暴に揉み、その柔らかい膨らみに歯を立てる。いつもよりきつく噛み付くと、少女から悲鳴が上がった。

その涙混じりの声が雄の欲望を煽る。乱れてシーツの上で波打つ銀色の髪も、アルバートをさらに誘惑する。

プロポーズを拒否された怒りと焦りで、欲望に歯止めがきかなくなっていた。

少女のことを考えられず、自分の欲が優先される。丁寧な愛撫などできず、ただ乱暴に、奪うようにその震える体に手を滑らせ、想いをぶつけるように痕を刻んだ。

そんな自分本位で貪るような愛撫にも、フィオナの体は敏感に快楽を拾って濡れる。アルバートが毎晩のように調教し開発した体は素直だった。泣きじゃくる少女の意思など無視し、男を悦んで受け入れるように変化する。

嫌だと泣きながらも、秘められた場所は蜜をしたたらせて男を待っていた。そこを指でほぐすこともなく、すでに硬くいきり立った欲望を押し付けた。

「やっ、やぁ……まだ、だめぇっ」

押し付けられた先端に、フィオナが怯えた声でやめてと繰り返す。さっきから無言で体を開いていくアルバートのことが怖いのだろう。解っていたが、安心させてやるような言葉は与えなかった。

そして相手を屈服させ、逃げられないと教えこむためだけに、アルバートは泣きじゃくる少女を犯した。欲望の全てを突き入れ、乱暴にその体を揺さぶりながら、耳元で脅すように低く囁いた。

「いいか、君は私の妻になるんだ」

8　復讐者は真実に辿り着く

「んっ……フィオナっ！」

　隣の温もりを探して手を伸ばしたアルバートは、そこにあるはずの体温がないことに気付いてベッドの上で飛び起きた。布団をめくるが、そこに少女の姿はなかった。

　ただ、激しく抱き合った名残《なごり》だけはあった。アルバートは嫌がるフィオナを、長時間にわたり自分が満足するまで抱き続けた。いや、あれは抱いたではなく犯したと言っていいだろう。少女は最後には、もう涙を流すだけになっていた。

　けれど結局、何度も繰り返したアルバートのプロポーズというか、結婚しろという脅しに一度も頷かなかった。ぼろぼろになってもその強情さは崩れず、こちらの体力が先に尽きた。

　仕方がないので起きてからまた話そうと思い、逃げられないように抱きしめて眠った。

だがうっかり熟睡しすぎたようだ。

自分の失敗に舌打ちし、ベッドから滑り降りる。ズボンをはき、シャツを羽織って浴室に向かう。当然、そこにもフィオナの姿はない。

ただシャワーを使用した痕跡《こんせき》だけは残っていた。湿った床は乾ききってはいなかったが、すっかり冷たくなっている。

アルバートは舌打ちし、シャツのボタンもちゃんととめないまま、自身の寝室に続くドアを開く。それから続きの居間を大股で横切り、フィオナの部屋に続いているドアを開けた。

「フィオナっ！　いないのかっ！」

てっきり自分の部屋に戻ったと思っていたが、そこにも姿がないことに動揺する。よくよく室内を観察すると、少し荒れている。クローゼットの隙間からドレスがのぞいてるのに気付き、扉を開いてみた。

なくなっているものはないか調べる。ほとんどアルバートが買い与えたものなので、ドレスから下着まで全て記憶している。確認したところ、アルバートが買ってやったものは全て揃っていた。

「……フィオナが持ってきたドレスとバッグだけがないな」

それは、この屋敷に連れてきた時に持参してきたものだ。それだけないというのは、どういうことなのか。

アルバートは顎に手を当てて考える。ちょっと買い物に出ただけならいいが、外はもう真っ暗だ。街はガス灯で明るいといっても、女性が出歩く時間ではない。

まさか家出……。だが、屋敷には多くの使用人がいる。その目をかいくぐって一人で外出するのは難しいと考えたところで、はっとしてクローゼットの中を漁る。

「ない……メイド服がないじゃないかっ！」

あれを着られたら、忙しい使用人たちはフィオナであることを見過ごしてしまう可能性がある。アルバートは青ざめて自室に戻ると、テーブルの上にあるベルを鳴らし執事を呼び出した。

「なんでございましょうか、旦那様」

「フィオナがいない！　屋敷の中と外を捜せっ！」

目を丸くする執事に、焦りから怒鳴りつける。

「メイド服で外に出ていったかもしれない……早く捜せっ！」

ただごとではないと察した執事が、すぐさま使用人に伝令する。それからほどなくして、メイド服は見つかった。リネン室の洗濯物に紛れていたのを、ランドリーメイドが持ってきた。

どうやらフィオナはメイド服を着て、ドレスとバッグは手押しの洗濯籠《せんたくかご》に入れてリネン室に移動したらしい。そしてリネン室でドレスに着替えると、そこの裏口から屋敷の外へ出たようだった。

家人が生活する場所と使用人が仕事で使用する場所は、屋敷の中ではっきりと分けられている。出入り口も別々で、使用人は屋敷の住人の出入りについては家人の生活圏しか確認していない。使用人側の出入り口は、基本的に鍵を持っていれば確認なしに自由に外と行き来できる。

仕事が忙しく人数も多いので、一人一人の顔や名前を確認してまで出入りを管理できない。だから、鍵を持っていることが当家の使用人の証明となっている。

フィオナはメイドの時に、その鍵を渡され返していなかったらしい。実際には、返却したと家政婦には告げていたが、その鍵の管理をしている執事には家政婦に預けたと嘘をついていたことが発覚した。

執事と家政婦の二人が確認を怠ったことを陳謝《ちんしや》してきたが、いまさらどうでもよかった。

「フィオナ様が逃げる先に、なにかお心当たりはございませんでしょうか？」

執事の問いに、アルバートはショックで放心していた頭を軽く振る。

フィオナが頼れるほど仲の良かった知人というのを知らない。持ち出した金は少額で、列車にも乗れないぐらいだ。そうなると首都からはまだ出ていないだろうと思う。

その時、やっと閃《ひらめ》いた。

「ああ、そうだ……アンナだっ！　アンナの親は確かこっちで仕事をしていたはずだ」

アンナの父親は昔、ノースブルック家で執事をしていた。アルバートが幼い頃で、ほとんど面識がなくどんな人物だったかは覚えていないが、子沢山でアンナは真ん中ぐらいの子供だった記憶だけはある。

だが妻が病気になり、その治療のために首都に引っ越し、執事を辞めた。経済的な事情もあり、働ける年齢でフィオナの子守りをしていたアンナは、口減らしの意味もありそのまま伯爵家に残った。そして両親は、その時の退職金を元手に宿泊業を始めたと聞いている。

それが成功しているのか知らないが、頼るなら彼らではないだろうか。

仕事を失くしたアンナも、一時的に両親のもとに身を寄せている可能性はある。そういえばアンナは一度、お嬢様を返せとここまで押しかけてきたことがあった。フィオナに気付かれる前に追い返し、アンナが二度と少女に近付けないよう使用人には申し送りを徹底したことを思い出す。

だが、アンナがフィオナに近付かなくても、少女は仲の良かった侍女の実家がどこにあるのかぐらい知っているだろう。

「アンナの親について早急に調べてくれ」

その言葉に執事はすぐさま部屋から出ていった。アンナは特に経歴などを隠していないので、調べれば簡単に親の所在は明らかになる。

それからアルバートは一睡もできなかった。すぐにでも外に飛び出していってフィオナを捜したかったが、人探しは専門外なので自分が出ていっても迷惑なだけ。ここで大人しく情報がくるのを待っているしかないのが悔しい。

やることもなく書斎に引きこもり、手慰みに引っ張り出した仕事の書類をめくる。だが、ショックで放心した脳では、字面を追ってもなにも頭には入ってこなかった。

ふと、窓の外を見ると空が白んできた。小鳥のさえずりや、人が働き出す音が聞こえ始めた。その中に、騒々しい女の声が混じっていた。

「なんだ？　うちか？」

音の発生源は、どうも屋敷の玄関からのようだ。まさかフィオナについての知らせか、なにか関わることなのかと思い書斎から飛び出す。走るようにして玄関ホールに向かったが、階段の上から見下ろしたそこには、泥酔《でいすい》した女を取り押さえる使用人たちの姿があった。

「どうした？　何事だ？」

階段を降りていくと、こちらに気付いた泥酔女が声を上げた。

「アルぅ～、会いたかったぁ～」

「ケリーか……なんなんだその様《ざま》は？」

遠目では解らなかったが、顔を赤くして呂律《ろれつ》の回っていない彼女の姿に顔をしかめる。もともと品性はそんなに良くない女だが、ここまで酔っぱらって醜態を晒すのは珍しい。彼女なりに自尊心というものがあり、異性に対して自分を美しく魅惑的に見せることにだけは神経を使っているのだ。

なにかあったのかもしれない。

「申しわけございません。ちょっと目を離した隙に屋敷に入られてしまって。すぐに追い出します」

昨夜、フィオナの件で執事など数名の使用人が出払っている。そのため人手が足りなかったのだろう。普段なら門前払いされる人間が侵入してきたことに、使用人は焦っていた。ケリーの腕を摑み、扉の外へと引きずっていこうとする。だが、酔っている割に彼女の力は強かった。

使用人を振り切り、アルバートにしなだれかかってきた。

「旦那様っ！」

「ああ、いい。私が相手をするから、水でも持ってきてくれないか」

こんな時に面倒だと思ったが、ケリーからフィオナの過去に関係することが引き出せるかもしれないと思った。彼女はなにか知っている様子だったし、それがフィオナが逃げた理由の手がかりになるかもしれない。

「あるぅ……」

「うっ……なんて、酒臭いんだ。朝まで飲んでいたのか？」

首に腕を絡みつかせてくるケリーから、顔をそらす。

「そうよ、朝まで飲んでたのよぉ……」

「一人なのか？　子爵が心配しているんじゃないか？」

奥方のいない子爵は、愛人のケリーを自宅に住まわせている。いくら愛人といえども、無断外泊は許されないだろう。心配はしなくとも、子爵ならば激怒していそうだ。

アルバートはやれやれと嘆息し、その腰に腕を回して応接間に運んでソファに座らせる。

使用人が持ってきた水を飲ませてやると、やっと人心地ついたようで呂律が回るようになってきた。

「そんなになるまで飲むなんて、子爵となにかあったのか？」

「なにかもなにも……アイツっ、私のこと追い出すって言うのよっ」

「ほう、そうなのか」

特に驚くほどのことでもなかった。

最近、ケリーはあからさまにアルバートに秋波《しゅうは》をおくっている。そのことで、子爵には仕事や契約の席で嫌味を言われることも度々《たびたび》あった。

正直、アルバートにその気はないので鬱陶《うっとう》しかったが、生温かい目で言動を注視していた。冤罪事件のことを知られている手前、下手に刺激をしたくなかったのと、少しでも多く子爵についての弱点を知りたかったからだ。

そして解ったことは、やっぱりというか当然というか、子爵はかなり金銭的に困窮していたということだ。強欲で浪費癖のある子爵は、遊興費などで多額の借金を作っていたことが解った。

ノースブルック伯爵が事業の失敗により自殺してしまったので不明な点は多いが、その時に資金を使いこんでいたのも子爵らしい。もしそれがなければ、事業が失敗することはなかったかもしれない。

また、子爵はその金を借金返済に使っていたようで、これは立派な横領事件だ。今はその証拠集めをしている最中だった。

ケリーとしても、子爵が金銭的に困窮してきているのが解るのだろう。そのため次の乗り換え先を探すのに必死なのだ。愚かな女だと思うが、今はその性格を利用することにした。

「ほんと、いやんなっちゃうわよね。最近は羽振りだって悪くなってきて……それなのに他の男に目をやるななんて、無理だっていうの」

そう言ってグラスの水を飲みほすと、ケリーは濡れた唇を舌で舐め、アルバートに流し目をおくってきた。

「ねえ、アルぅ……」

甘えるように伸びてきた腕を、触られる前に摑んでケリーを冷たく見下ろす。

「悪いが、私にその気はない」

きっぱりと拒絶すると、酔いがまだ残っているのかケリーは舌打ちして睨み上げてくる。金づるにしようとする獲物に対してこういう態度をとるとは、彼女も相当切羽つまっているのかもしれない。

「なによっ……ちょっと成功したからって、いい気になっちゃってさぁ」

ケリーも馬鹿ではない。もう完全に脈がないと解ったのだろう。その途端に媚びることは放棄したらしい。

ソファの肘掛けに頬杖を突き不貞腐《ふてくさ》れるが、なにか思い出したのか目を輝かせてアルバートを見上げた。

「あっ、そういえば、お嬢様がいなくなったらしいじゃない」

嫌な話題を振られアルバートは顔をしかめる。するとケリーは意地悪な笑みを浮かべて身を乗り出してきた。

「君には関係ないだろう」

「そうでもないわよ。あの子がいなくなるなら、代わりに私を愛人にしてよ」

「冗談じゃない」

即答で断ると、残念と肩を竦め水差しを手にとった。新しく水をそそいだグラスを傾けるケリーを見下ろし、そろそろ探りを入れようかと思ったところで、向こうから口を滑らせてきた。

「ふふんっ、可愛いわね。あれしきの脅しで怯んじゃったのね……」

「それはどういう意味だっ！」

ひったくるようにグラスを取り上げ、アルバートは怒鳴っていた。

ケリーがなにか知っているとは思っていたが、フィオナを脅していたなんて。許せなくて、一瞬で頭に血が上る。

そんなめったにないアルバートの変化に驚いたのか、ケリーがさっきまで赤かった頬を蒼白にした。その時。

「失礼します。旦那様、アンナ様の実家が解りました……」

息を切らせた様子で執事が応接間に入ってきた。ケリーを見て言葉を止めるが、アルバートが続けるように言うと執事は報告を始めた。

「アンナ様の両親ですが、街の中心地でホテルを営んでおりました」

そのホテル名を聞くと、首都でも指折りの高級ホテルだ。しかもそのホテルのオーナーのことを、アルバートはよく知っていた。

「まさか……アランがあのアンナの父親なのか？」

信じられない思いで聞き返すと、執事は静かに頷いた。

「はい。旦那様の恩人であるアラン・スチュアート氏がアンナ様の父親で、その家にフィオナ様は身を寄せているようです」

あまりの驚きに、しばらく言葉もなかった。

アランはアルバートが、ノースブルック家から追い出され、着の身着のままで首都までやってきた時に世話になった人物だ。

その日、食べるものにも困っていた自分に食事と寝床を与え、後に義父になるヘンリー・フランクリンを紹介してくれた。そのおかげで今の仕事があり、地位や財産も手に入れるきっかけとなった。

アルバートにとって恩人であり、感謝してもしきれない相手である。今でも交流があり、彼のためなら自分はできるかぎりのことをしたい、恩を返したいと思っている。

そのアランが、アンナの父親だなんて……。そういえば姓が同じだが、ありがちな姓なので気にもしていなかった。

それにしても、どうして今まで気付かなかったのか。それ以前に、なぜそんな身近な人間がアンナの父親なのか。いや、どうしてフィオナと繋がっているのだろう。

そしてたまたまアルバートを助けた。これは本当に偶然と言っていいのだろうか。

なにかがアルバートの中で繋がりかけていた。

ふと、ソファを見るとケリーがいない。はっとしてドアのほうに視線をやると、忍び足で逃げようとしていた。

「ケリー、ちょっと待て」

静かな声で恫喝するように言うと、びくっとケリーの肩が震えて立ち止まった。

「なによ……もう、私に用はないでしょう」

「金が欲しくないか？」

フィオナを脅したことで、アルバートの逆鱗《げきりん》に触れたと思い逃げようとしていたケリーは、その言葉に目の色を変えて振り返った。

「おい、小切手は持っているか？」

執事に視線をやると、すかさず小切手の束を差し出された。それをケリーに放ってやる。

「な、なに……？」

反射的に受け取った彼女は、手の中の小切手とアルバートを見比べる。アルバートは近くに置かれたテーブルを指さして言った。

「そこにペンがある。君の欲しいだけの金額を書いていい」

「え？　なにそれ、どういうこと？」

ケリーの顔に喜色が浮かぶ。金に汚い彼女は、それが手に入るならアルバートの愛人になれなくてもいいのだ。

でも、だからこそ扱いやすい。

「手切れ金だ。その代わり、フィオナとのことについて洗いざらい話してもらおうか」

9　復讐者は愛を告白する

フィオナがカーテンの隙間から外を見下ろすと、ちょうどアルバートがアンナに追い返されているところだった。

アルバートは必死に食い下がり、馬の合わないアンナに頭まで下げているが、鼻先で門扉を閉じられていた。それでも必死な様子で、去っていくアンナの背中になにか叫んでいる。あのプライドの高いアルバートが、失礼な対応に怒りもせずに粘る姿を、フィオナは複雑な気持ちで見つめた。

今すぐにでも会いに行きたい。そう思うのに、足は凍り付いたように動かなかった。

アンナを頼りに、フィオナがここスチュアート家に逃げこんだのは数日前のこと。それから翌日には、アルバートに居場所を知られることとなった。

アンナの実家であるスチュアート家は、彼女の父であるアランがホテル業で成功し一代で財を築いた。今は息子に仕事を譲り、本人は余生を楽しんでいる。妻が亡くなってからは旅行が趣味で、今も海外旅行中で家を空けていた。

そのアランは、首都に出てきたばかりのアルバートに声をかけて世話をした恩人ということになっている。

「ここを知られたってことは、あのことも……」

アルバートはどこまで知っているのだろう。自分の恩人がアンナの父親で、フィオナと繋がりがあると知って驚いただろう。

賢い彼のことだ。アランがアルバートの世話をしたのは、全て仕組まれたことだと気付いているかもしれない。それを彼はどう思ったのだろう。そして、あの横領事件についてどこまで知っているのか……。

フィオナがぼうっとアルバートのことを見つめていると、男がふとこちらを見上げてきた。

あの位置では、カーテンの隙間からのぞいているこちらの顔など解らないだろう。けれど、びっくりしたフィオナは、息を止めカーテンを慌てて閉じた。

それと同時にドアがノックされる。不意打ちに、心臓が跳ねるほどびっくりしたフィオナは小さく叫んだ。

「お嬢様、どうかなさいましたか?」

悲鳴に驚いたアンナが、返事も待たずに部屋に入ってきた。それを見てフィオナは、大きく息を吐いて胸を撫で下ろした。

「ごめんなさい。ちょっと驚いただけ」

「左様《さよう》でございますか。なんでもないなら良いのですが、お顔の色が優れませんね」

いまだにお嬢様扱いが抜けないアンナに、フィオナは苦笑いを漏らす。

「もう、アンナってばやめて。今では、あなたのほうがお嬢様なのに」

かつての伯爵家ほどの財力はないにしても、アンナの実家は裕福で、成功した中流階級だ。本来なら、ずっとフィオナの侍女をやっているのはおかしい立場だった。今では、伯爵家は没落しフィオナのほうが貧しい。

それなのに、アンナはまだフィオナに仕えようとする。

「私があなたの侍女に雇ってもらいたいぐらいなのよ」

「なんてことを仰るんですか！」

フィオナの言葉に、アンナが恐れ多いとでもいうように表情を険しくした。

「お嬢様はどういうお立場になっても、私の可愛いお嬢様です！　そんな悲しくなるようなことを言わないでください」

「ごめんなさい……そこまで想ってくれるなんて、ありがとう。もう変なことは言わないわ」

本当に辛そうに言われ、申しわけなくなった。アンナは幼い頃からフィオナの傍に仕え、育ててくれた。結婚もせずにずっと世話をしてきたせいで、思い入れがとても強いのだ。

「それよりお嬢様、おかけになってください。大事なお体なんですよ」

「そんな……病気じゃないのだから。心配しすぎよ」

そう言いつつも、促されるままソファに腰かけた。

「ですが、お腹の子になにかあったら……」

アンナの言葉に、フィオナはまだあまり変化のない腹部を見下ろし手を当てた。

妊娠しているかもしれないと思ったのは、王立公園で具合が悪くなった時だ。月のものが遅れているのには気付いていて、不安にも思っていた。でも、色々なことがあって体が疲れているからこないだけかもしれないと、そう自分に言い聞かせていた。

けれど着の身着のままでアンナのもとに逃げ事情を話すと、医者を呼ばれて妊娠していると告げられた。やっぱりというあきらめと、これからどうしようという不安に襲われた。それでも、自分の絶対的な味方であるアンナが傍にいてくれるだけで、絶望感だけを持たずにすんだ。

「さあさ、これでも飲んでください。お腹の子に栄養をつけてあげないとなりませんから」

「ありがとう」

アンナが差し出したマグカップには、ホットチョコレートが入っていた。大好きな甘い香りに、フィオナの表情がほころぶ。半分ぐらい飲んで気持ちが落ち着くと、フィオナはおもむろに口を開いた。

「ねえ、アンナ……アルバートはなにか言ってた？」

「お嬢様に会わせてほしい、真剣に結婚を考えている。それはかり繰り返してますよ」

アンナが少し呆れ気味に言う。

「なにか聞きたいことでもあるんですか？　それなら明日きた時に聞いておきますが」

「ううん、そういうんじゃないの……」

手の中のマグカップを見下ろし、眉根をきゅっと寄せる。

「アルバートはどこまで知っているのかしら？」

「さあ、どうでしょう。初日に父のことはもう知っている様子でした。アランに会わせてくれとも言われましたが、父は当分帰ってきませんからね」

「そう……横領事件のことはどうかしら？　アルバートに冤罪がかけられてるって、知っているのかしら？」

アルバートのことだから、フィオナの周辺について調べている可能性はある。その流れで、自分にかけられた冤罪にもいきつくだろう。

「横領のことなら、ノースブルック領で聞けばすぐに解るでしょう。めったに事件の起きない田舎ですから、今でも噂になっているはずです」

「そうよね……きっと、逮捕状が出ていることも知ったわよね」

「ええ、それは確実ですね」

アンナのきっぱりした返答に、フィオナは肩を落とす。

「どうしよう……私のせいだわ」

自分がよけいな動きをしたせいで、アルバートは逮捕状まで出されてしまった。

「お嬢様、それは違います。お嬢様のせいなんかではありませんっ！」

「でも……真実を知ったらアルバートはどう思うかしら……」

嫌われるかもしれない。それが怖くて、フィオナはアルバートに会えなかった。

そしてまた、自分のせいで男は危うい立場に立たされている。だからもうこれ以上、アルバートの人生を壊したくなくて逃げ出した。

それなのに、アルバートはフィオナに会いたい結婚したいと言いに毎日通ってくる。それがとても苦しい。

本心なのか解らないけれど、結婚したいと乞《こ》われて嬉しかった。改装された妻の部屋で、命令口調で結婚しろと言われたのだって、本当は受け入れたいと思っていた。それが伯爵位を欲しいがためのプロポーズでもいいとさえ思うほどに。

けれどケリーの言葉を思い出すと、結婚を受け入れることはできない。明日にでも彼女が、警察に行くのではないかと思い、怖くて仕方がなかった。

「私……どうしたら、いいのかしら？」

「どうしたいか解らないなら、答えが出るまでこの家で休んでいてください」

アンナがフィオナの手からマグカップを優しく取り上げる。そして背中を撫でながら、ベッドに行きましょうと言う。

「お嬢様は妊娠していて、普通の状態ではないんです。だから、よけいなことを考えて暗くなってしまう。あの男はしぶといから大丈夫ですよ。逮捕されてもなんとかなりますから、心配いりません」

「そうかしら……」

ソファから立ち上がったフィオナは、用意された寝室に向かいながら腹をそっと撫でる。この子のことも、どうすればいいのか答えは出ていない。ただ、産むことだけは決めている。

「安心してください。お嬢様をこんなに苦しめるあの男のことは昔から大嫌いでしたが、お腹の子の父親を犯罪者になんてしません」

なぜか自信満々にアンナが言う。ベッドに寝かされたフィオナは、不思議に思って彼女を見上げた。

「このアンナにお任せください。私はお嬢様の幸せしか考えておりませんから」

その自信はどこからくるのか。けれど、妊娠で精神が不安定になっているフィオナには心強かった。

そして布団をかけられ目を閉じると、すぐに睡魔が襲ってきた。安心させるように、アンナが手を握ってくれている。

けれどフィオナが夢に見たのは、あの日のケリーの言葉だった。

＊＊＊

「でも、あなたが出ていかないって言うなら……私、警察に行くことにするわ」

警察という単語に、フィオナは息を呑む。

「……それはどういう意味？」

「お嬢様は、私がアルを裏切ったことを知っているのよね？」

さっきのようにケリーはこちらの問いを無視する。それにむっとしつつも、フィオナは領いた。

「アルバートを裏切って、彼に横領の罪をなすり付けようとしたことでしょう」

「ふうん、やっぱり知ってたのね。じゃなきゃ、あのタイミングでアルを追い出して、自分が罪を被るなんてできないわよね」

「ええ……たまたま聞いてしまったのよ」

前々からエドモンド子爵が伯爵家の財産を狙っているのは解っていた。婚約者の件もそうだ。

けれどなにも手出しできずにいたフィオナは、ある日偶然、子爵とケリーが話している内容を聞いてしまったのだ。それは子爵が横領した事業資金の罪を、目障りなアルバートになすり付けようという計画だった。

横領の証拠となるものを揃え、それをアルバートの部屋に置いてくる。その役目を引き受けないかと、子爵はケリーに持ちかけていた。見返りは、金と子爵の愛人になって贅沢な暮らしを保障することだった。

ケリーはアルバートの婚約者のはずなのに、その計画に乗った。彼女は、大金のために婚約者を売り、子爵の愛人になることにしたのだ。

その計画を知ったフィオナは、すぐにアルバートに話そうかと考えたが思いとどまった。果たして、彼に話して事態が好転するだろうか？

プライドの高いアルバートは、この事態になんらかの手は打つだろう。けれどそれが成功するかは解らない。いくら彼が賢くても、平民出身で権力も財力もない上に、今は先代伯爵の庇護だってなくなっている。彼を守る後ろ盾がない状態だった。

だから貴族であるエドモンド子爵が、アルバートを犯人だと言えばそれが真実として認められてしまう場合もある。

伯爵位を継いだ父は、子爵にすっかり洗脳されてしまっていて、なにが真実か見極める力はもうない。横領が明るみになり、子爵とアルバートが争うことになれば、迷うことなくアルバートを切るだろう。

それにアルバートが無罪だと証明されたとしても、貴族と平民とでは司法の場で対等ではない。賄賂《わいろ》や権力に絡んだ政治的な取り引きで、彼に罪が着せられる可能性は充分にあった。

フィオナは迷った末、賭けに出た。恋するゆえの愚かなる行為だった。

アルバートが横領の罪で子爵に通報される前に、冤罪をきせて屋敷から追い出したのだ。そしてアンナに手伝ってもらい、アルバートの部屋に仕こまれた偽の横領の証拠を処分し、自分が使いこんだと罪を被った。

他にも、追い出されたアルバートが生活に困らないようにと、アンナを通じて彼女の父親に彼のことを託した。代々伯爵家に仕えてきてくれた元執事のアランは、フィオナのそんな我がままを快く引き受けてくれた。

そしてついでに、アルバートがフィオナを襲ったというのも狂言だったと父に告白した。こうすることで、ほとぼりが冷めた頃、アルバートが伯爵家に戻ってこられるのではないかと思ったからだ。

こうしてフィオナは、心神喪失の上に父親の金を使いこみ、真面目に仕えていた使用人を狂言により追い出した少女という汚名をきることになった。

そんなフィオナをエドモンド子爵は危険視した。なにをしでかすか解らない娘だと思い、伯爵に進言して療養所へ厄介払いしたのである。

これが五年前の真相だ。

「今度はなにを企んでいるの？」

昔のことがあるだけに、彼女がなんの目的もなく結婚するとは考えられなかった。だが、ケリーは肩を竦めて言う。

「別に、なにも難しいことなんて企んでないわよ。私は、いつだって得するほうの味方に付きたいだけ」

「もしかして……そういう理由で、五年前にアルバートを裏切ったの」

「そうよ」

ケリーは悪びれた様子もなく即答する。

「もうね、エドモンド子爵には飽きたわ。ハゲで腹の出たジジイだし。お金持ちだから愛人にはなったけど、最近は羽振りも悪いのよね。そうしたら、再会したアルったら良い男になってるじゃない」

いやらしい笑いを浮かべながら、ケリーは窓の前でくるりと一回転してフィオナのほうを向いた。

「だから、アルに乗り換えることにしたの」

まるで服を着替えるぐらいの気軽さで言う。そしてフィオナのほうへ体を突き出すようにして腕を組み、挑発的な視線を向けた。

「はっきり言って、あなたにいられると困るの。アルには私だけを見つめていてもらいたいから。あなたは邪魔よ」

「それはお互い様ね。でも私は出ていかないわ。借金もあるから、愛人をやめるなんてできないの。追い出したかったら、あなたが私の借金を立て替えてくださらない」

強気でそう言い返すと、ケリーは口元を歪め目を細める。これで勝てたと思った。彼女をやりこめたと……だが。

「じゃあ、こう言ったらどう出るのかしら?」

ケリーは歪めた唇にいやらしい笑みを乗せ、緑色の瞳を妖艶《ようえん》に光らせた。

「五年前の事件のことで、アルを警察に突き出してもいいのよ」

唐突な言葉にフィオナは訝しんで眉根を寄せた。

「どういう意味?　それは私が……」

「お嬢様が厄介払いされてから、状況が変わったのよ。伯爵はあなたに知らせなかったみたいだけど、横領はやっぱりアルの罪になったの」

「そんなっ……ど、どういうことっ?」

知らなかった真実に、フィオナは青ざめた。

「アルのことは狂言だったってあなたが告白したでしょう。それで伯爵がね、アルのことを不憫がって居所を調べようとしたの。でも、戻ってきてほしくない子爵が慌てて、本当は横領はアルの仕業なんじゃないかって言い出したのよ」

アルバートはフィオナの幼い恋心を利用し、横領の罪を被ってもらうことにしたのではないか。そして狂言に見せかけ、金を持って逃亡したのだろうとエドモンド子爵は言った。

そう考えれば、金がなくなっていて、フィオナが使ったという証拠が残っていないのにも頷ける。アンナの証言は、お嬢様可愛さで嘘の供述《きょうじゅつ》をしているに違いないと。

「それで伯爵は子爵の勧めもあって、警察に被害届を提出したの。で、捜査の結果、やっぱりアルが犯人だってことになって手配書が全国に回っているはずよ」

でもアルバートは捕まらなかった。手配書が回る頃には、名前も身分も変わってしまっていたからだ。

「まあ、子爵も本気でアルを捕える気はなかったのよね。ただ、伯爵家に戻ってこられないようにって牽制をしただけ。平民出身のアルだから、後ろ盾がなければ身を落とすだけですもの。再会するまでは、どっかで野垂れ死にしてるんじゃないかって思ってたわ」

「……そんなっ、そんなことになっていたなんてっ」

嘘だったらどんなにいいだろうと思った。けれどケリーがここまで巧妙《こうみょう》な嘘をつけるとも思えない。

「そういうことだから、アルは通報されれば逮捕されるわ。子爵は過去のことを掘り返されたくないから、通報するなんてよけいな真似はしないみたいだけど。私にはそんなの関係ないわ」

ケリーはアルバートを裏切りはしたが、横領に加担したわけではない。なので痛い腹を探られる心配はないということだった。

「なんでっ……そんな酷いことっ。仮にもアルバートはあなたの元婚約者だったのよっ！」

それどころか再び婚約者になったとケリーは言う。どこまで本当か解らないけれど、その相手を警察に突き出すようなことを言うのが信じられなかった。それも冤罪だというのに。

「なに言ってるの？　悪いのはお嬢様よ。あなたがあれは狂言だったなんて言い出すから、警察に通報されたんじゃない。アルのことをかばったりなんてしなければ、子爵だって伯爵に通報を勧めなかったと思うわ」

彼女の言葉に、フィオナは胸を抉られた。

そうだ。元はと言えば、自分にも責任がある。横領の件は子爵が悪いにしても、事態を

だったのだ。

でも、あの時はああするしかなかった。十四歳のフィオナが、必死に考えて出した答えだったのだ。

自分のしたことは間違っていたのかもしれない。だけど、少なくともそのおかげでアルバートは逮捕されなかった。逃亡する時間稼ぎだけはできたことになる。

けれどまたフィオナのせいで、アルバートは窮地に立たされることになった。このままでは、再び男を転落させてしまう。

「アルを逃すのは惜しいと思うけど、お嬢様がいたんじゃ、彼の財産を独り占めできなそうだし。それならいっそ、全て台無しにでもしたほうが面白そうじゃない」

ケリーはそう脅した後、にいっと下品な笑みを浮かべた。

「ああ、それか正式に妻になってから警察に通報するのもいいわね。そうなれば、逮捕されたアルバートの財産は妻になった私が好きに使えるようになるじゃない。名案だわ」

肩を竦め小首を傾げ、彼女はとても無邪気に恐ろしいことを言った。

「だから身を引いてくださらない？　そうしたら、このことは黙っていてあげる」

甘ったるい声に仕草。男ならその媚に籠絡されたかもしれない。

けれどフィオナは、怒りと悔しさに震える手を握りしめ、ケリーを睨み付けた。

＊＊＊

外の喧騒《けんそう》にフィオナが目を覚ますと、窓の外の日はかなり高くまで昇っていた。時計はもう昼過ぎだ。

昨夜、夜更かしをしたわけではない。妊娠してから、体がだるくてとても眠い。いくら寝ても眠くて、今も体が泥のように重くて、再び布団の中に埋もれてしまいそうだった。

けれど外の騒がしさが耳について眠れない。すぐに収まるかと思っていたが、いつまでたっても騒ぎは落ち着かなかった。そのうち警察だという声まで聞こえてきた。

さすがに心配になってベッドから降り、窓から外をのぞいた。

「え……アルバートっ！」

門扉のところで、アルバートが警察と思われる男たちに囲まれていた。アルバートは冷静な様子でなにか話している。野次馬もいるようだった。門扉まで出てきたアンナは、野次馬を追い返そうとしている。

状況がまったく飲みこめなかったが、フィオナはネグリジェの上にコートを羽織り、玄関に向かった。庭に飛び出し、門扉に着く頃には、アルバートは警察の馬車に押しこめられているところだった。

こちらに気付いたアルバートと目が合う。男は、まるで大丈夫とでも言うように帽子《ぼうし》を少し持ち上げてにこっと笑う。そんな顔を見せられても安心できないフィオナは、そのまま走って門扉から出ようとした。そこを後ろからアンナに腕を掴まれ止められる。

「お嬢様、走ってはいけませんっ！　大丈夫ですから、部屋に戻っていてください！」

そんなことを言われても、警察がきていて大丈夫だなんて思えない。フィオナはアンナにつめ寄った。

「どういうことなの？　あのこと……まさか、ケリーが通報したのっ？」

「さあ、それは解りませんが。とにかくお部屋に戻ってお話ししましょう。外ではお体が冷えてしまいます」

「嫌よっ！　誤魔化さないで、ちゃんと教えて……横領のことなんでしょう？」

アンナの表情が曇る。なにも言わなくても、フィオナの言葉を肯定していた。

「とにかくお嬢様、家の中に……」

「私、アルバートの無実を訴えてくるわっ！」

「ちょっ、お嬢様っ！」

止めようとするアンナを振り払い、門扉の外に飛び出す。一瞬、出遅れたアンナが追い

かけてきたが、摑まる前に通りがかった辻馬車を捕まえて乗りこんだ。

「お嬢様っ！　お待ちください……無実の証明なら私がっ！」

アンナがなにか叫んでいたが無視して、御者に急いで警察署に行くよう告げる。ほどなくして警察署に着くと、フィオナは受付で自分はノースブルック伯爵家の娘で、アルバートの横領事件について知っていると告げ、強引に担当刑事を呼び出してもらった。

担当刑事はフィオナの名前を知っていたようで、当時の話を聞きたいと担当部署にまで連れていってくれた。事情聴取用の部屋は空いていなかったので、その部署の隅に置かれた来客用のソファで話を聞いてくれることになった。

そこでフィオナは知っていること全てを話し、アルバートの無実を訴えた。そして犯人はエドモンド子爵だと。

けれど話を聞き終えた担当刑事は無情にも言った。

「子爵から聞いた通り、やはりあなたは病気のようだ」

刑事が言うには、エドモンド子爵がアルバートのことを通報したのだそうだ。ケリーでなかったことに拍子抜けしたが、可能性でいえば子爵のほうが充分に有り得たことに気付いた。しかも彼なら、過去のことを捏造《ねつぞう》できる立場にある。

それだけではない。先回りして、フィオナが恋ゆえに狂言を起こしアルバートをかばったこと、その後、心神喪失で療養所にずっと入れられていたことを警察に話していたのだ。

だからフィオナがなにを言っても刑事は信じなかった。

すでに、フィオナがなんと言ってアルバートをかばうか、子爵から聞かされていたのだそうだ。もしかしたら、それとは違うことを言うかもしれないと思い話を聞いたが、結局同じ内容で子爵の言葉を裏付けただけになった。

血の気が引いた。ずる賢いエドモンド子爵相手では、太刀打ちできないのかと思い目の前が真っ暗になる。

でもアルバートのことを思うと、そう簡単には引き下がれなかった。男のことを守りたい一心で、フィオナはソファから立ち上がって叫んだ。

「私が犯人なんですっ！　私を捕まえてください！」

お願いですと懇願するが、刑事は困ったように嘆息し座ってくださいと言う。だが、言うことを聞かずに、さらにつめ寄ろうとした。

「逮捕して……むぐっ！」

突然、後ろから口を塞がれた。フィオナはびっくりして暴れようとしたが、すぐに背後から抱きしめられて動けなくなる。

「んっ……んんっ！」

「私だ。もう、しゃべらなくていい」

耳元でした声に、フィオナはぴたりと動きを止める。振り返ろうと首を動かすと口を塞ぐ手が離れ、代わりにぎゅうっと強く抱きしめられた。

「アルバート……」

取り調べをされているはずの男が、目の前にいた。驚きに目を見開く。

「君は、馬鹿だな」

溜め息混じりの言葉が降ってくるとともに、頬をすり寄せられる。まるで愛しいとでも言うように。

「また、そうやって私をかばって。自分の人生、何度棒に振れば気がすむんだ。馬鹿なのか?」

アルバートは、フィオナがなにをしたのか全て知っているようだった。緊張感で、全身に震えが走る。

「……そんな、なんで?」

男の声も抱きしめる腕も優しいけれど、どう思われているのか解らない不安に体が硬くなる。膝ががたかたと震え、立っているのがやっとだった。

「ケリーから全て聞いた。私のためにずっと辛い生活をしていたんだな」

大きな手が、フィオナの髪を撫で頬を包みこむ。その温かさに、体の力が抜けていく。

アルバートの言葉に、胸がじんわりと熱くなって涙がこみ上げてきた。

「ありがとう。私のことをずっと守っていてくれて……」

見返りなんて求めてはいなかったけれど、認められた嬉しさと安堵感に涙が溢れた。小さくしゃくり上げると、目の前が陰った。

「好きだ。愛してる……フィオナ」

初めてだった。初めて、好きだと言われた。愛していると……。

命令口調のプロポーズよりも嬉しくて、堪えようとしていた涙が止まらなくなる。張りつめていた気持ちが蕩け、全身のこわばりが消える。座りこんでしまいそうになるフィオナの腰を、男の逞しい腕が支えた。

自分もなにか言わなくてはと開いた唇に、アルバートのそれが重なった。胸に甘いくすぐったさが広がる。離れては重なる口付けと止まらない涙に、頭がぼうっとしてくる。そして男にしがみ付いた腕から力が抜けて落ちる頃、アルバートの後ろから咳払いが聞こえた。

「旦那様……そろそろ、よろしいでしょうか」

聞き覚えのあるアルバートの執事の声だ。一瞬で現実に引き戻されたフィオナは、羞恥で真っ赤になり硬直した。すぐにでも男から体を離したいのに、がっちりと腰を抱き寄せられ動けない。

しかもアルバートはというと、邪魔されたのが不満なのか小さく舌打ちして顔を上げる。

「なんだ？　後はもう弁護士に任せて帰ればいいんだろう」

「はい、そのように手配いたしました」

アルバートの腕の中で、なかなか止まらない涙を拭いながらフィオナは首を傾げた。自分だけまったく話が見えない。

すると突然、廊下のほうが騒がしくなった。部屋のドアが開いて、なんとエドモンド子爵が刑事に連れられて入ってきた。

「私はなにもしていないっ！　あっ……貴様っ！　な、なにをしたんだっ！　そうだっ、アイツが犯人だ！　そう言っただろうが、放せっこの税金泥棒どもっ！」

子爵は泡を吹きながら怒鳴り散らし、指をさしたアルバートのことを罵《ののし》っている。こちらに突進してくるのではないかと思うほどの剣幕だったが、刑事に取り押さえられて取調室に引っ張っていかれた。

「な……なんなの？」

「もう子爵が犯人だと判明したのか？　私のことをずっと逮捕できなかった警察にしては、仕事が早いじゃないか」

呆然とその姿を見送ると、執事が口を開いた。

「先ほど、アンナ様が警察署までお見えになりまして、証拠の品というのを持ってまいりました。下でフィオナ様をお待ちです」

「え……アンナが証拠を？」

どういうことなのか、驚きに瞬きする。でも、そういえばアンナが任せてほしいと言っていたのを思い出す。

困惑に瞬きするフィオナに、執事はにっこり微笑んで説明してくれた。

「旦那様が横領したという偽の証拠を湮滅《いんめつ》する際に、アンナ様は子爵の横領の証拠を見つけたそうです。ただ、あの時点でそれを出しても握り潰されると思い、ずっと隠し持っていたのです。そしていつかフィオナ様のお役に立てようと大事にしまっていたとお聞きしました」

そしてその証拠を持って、アンナはフィオナの後を追って警察署にきたそうだ。詳細がきちんとした証拠だったことで、子爵はすぐに事情聴取に呼ばれた。警察内でも、子爵が怪しいという声があったせいもある。

アルバートの釈放は、その証拠の他に弁護士の交渉もあり、あっという間だったという。過去の事件について独自に調査もしていたので、アンナの証拠がなくてもいずれ解放はされただろう。だが、その証拠をアンナがすぐに提出してくれたことで、面倒が減ったと執事は言った。

「アンナがそんなことを……」

ずっと近くにいたのに、ぜんぜん気付かなかった。本当にアンナには世話になってばかりだ。いつもフィオナの暴走についてきてくれて、感謝してもしきれないほどだった。

するとアルバートはある程度予想していたのか、悔しそうに鼻を鳴らして言った。

「ふんっ、やっぱりあの女が持っていたのか。どうせフィオナの妊娠がなければ、証拠も出さずに私のことを犯人にしたに違いない」

「旦那様、それは言いすぎです。アンナ様は、旦那様よりエドモンド子爵のほうがお嫌いなようですから、いずれ時期がきたらこうなっていたかと存じます」

「お前、それはぜんぜんフォローになっていないぞ」

執事の言い様に顔をしかめ、アルバートは嘆息した。

それから三人は、警察で少し事情説明をしただけですぐに解放された。警察署の玄関に向かうと、アンナはそこで待っていた。

「お嬢様っ！　良かったご無事で！」

腕を広げて駆け寄ってくるアンナに、フィオナもその胸に飛びこもうと足を踏み出した。だが、後ろから腰に回った腕がそれを阻止する。

「えっ？」

体がふわりと浮き回転した。向かってきたアンナの腕が空を切り、フィオナは気付いたらアルバートの腕の中にいた。

「なにをするんですか！　このロクデナシっ！」

「黙れ。邪魔者が！」

二人が忌々しげに睨み合う。間に挟まれたフィオナは、おろおろするしかできなかった。

「人が散々頭を下げたのに、フィオナに会わさないばかりか、あんな大きな証拠をずっと隠し持っていたなんてな。性格が悪いにもほどがある」

「お嬢様を愛人にして慰み者にしていた男に言われたくありません。あれは、お嬢様を愛人から解放してもらう交渉に使うつもりで温めていたんです。そっちこそ、私がお嬢様に会いに行ったら門前払いしたじゃないですか。あの時に、証拠も持っていたんですよ」

「ふんっ、そんなもの持ってきてもフィオナと交換なんかするか。証拠などなくても、今の私なら過去の冤罪ぐらいどうとでもできる。侮るんじゃない」

侃々諤々《かんかんがくがく》の言い合いをする二人に、フィオナは呆然とする。知らなかったことばかりだ。アンナがフィオナに会いに屋敷にきていたことも、アルバートがそれを無下《むげ》に追い払っていたことも。

「お嬢様を返してください！」

「ふざけるな。私の子供を妊娠しているんだ。もう絶対に手放さない！」

そう言うと、アルバートはフィオナをひょいと抱き上げて玄関に向かった。一歩出遅れたアンナが、二人を追いかけて手を伸ばす。だが、間に割って入った執事に邪魔される。

「そのまま取り押さえててくれ。私は屋敷に戻る」

「かしこまりました」

わめくアンナを無視し、アルバートは警察署の外に出る。

「ちょっ、アルバート！　アンナが……」

「君は、私とアンナのどっちを選ぶんだ？」

「え……それは」

比べる問題ではないと言いたかったが、不貞腐れたような男の顔を見て言葉を止める。

「拗《す》ねているの？」

思わずそう聞くと、みるみるうちにアルバートの顔が不機嫌そうに歪められた。

「違う。少し黙っていろ」

そう言うと、アルバートは止めた辻馬車にフィオナを乱暴に押しこめ、開きかけた唇を強引に塞いだ。すぐに走り出した馬車に揺られながら、屋敷に着くまでの間、フィオナは男の口付けに翻弄され続けたのだった。


口付けでふらふらになった体を、優しくベッドの上に横たえられる。見上げた天井は改装された妻の部屋のものだ。改めて視線を周囲に巡らせる。

「ここは、今日から君の部屋だ」

フィオナの視線に気付いたアルバートが、甘く囁いて頬に手を添える。視線を男に戻すと、真剣な目で見下ろされる。

「私の妻になれ……いや、なってほしい」

命令口調だったのを言い直したアルバートに、ちょっと笑ってしまう。途端に男は不機嫌そうな顔になり、誤魔化すように唇を合わせてきた。

馬車の中でも散々貪られたフィオナの唇は、赤く熟《う》れて敏感になっていた。触れられるだけで、もうぴりぴりと甘い痺れが全身に広がる。絡まる舌が卑猥な音を立て、フィオナの欲望に火を付ける。

男の手がコートのボタンを外す。けれど途中で手を止め、口付けで蕩けているフィオナを見下ろし驚いたように言った。

「どうしてネグリジェなんだ?」

「あ……慌てて」

いまさらながらに、恥ずかしさで頬が熱くなった。

アンナの家を飛び出した時は必死で、自分の姿をなんとも思っていなかった。でもよく考えたら、こんな恰好で髪もぼさぼさでは、なにを話しても刑事が信じてくれないわけだ。きっとまた心神喪失なのだろうと、思われたに違いない。

だがなぜか、アルバートは嬉しそうに表情をほころばせた。

「こんな姿で飛び出すほど、心配してくれたんだな」

男は目を細め、愛しげにフィオナの頬を撫でる。そこから伝わる体温がくすぐったかった。

「嬉しいよ、フィオナ。愛してる」

「私も……アルバートが好き」

キスで痺れ、呂律が回らない舌で言葉を紡ぐ。子供みたいな舌足らずな声だった。恥ずかしさに瞼を伏せると、額に口付けが落とされた。

「じゃあ、私と結婚してくれるね」

今度こそ、フィオナはしっかりと頷いた。嬉しくて、目尻がじわりと涙で濡れる。その目元にアルバートが口付け、涙を吸い上げ飲みこんで言った。

「ありがとう。もう逃がさないからな」

甘い脅し文句に、耳から優しく犯される。弱い耳朶を甘噛みされ、舐められ、しゃぶられた。

フィオナはびくんっと体を跳ねさせ、淫らなくすぐったさに肩を竦める。

いつの間にかコートは脱がされ、ドロワーズはベッドの下に放られている。ネグリジェの前はまくり上げられ、男の前に裸体を晒していた。

男の手が、素肌の上を滑る。それだけで肌は甘く粟立ち、快感に打ち震えた。

愛されていると思うだけで、まだなにもされていないのに足の間が濡れてくる。はしたない自分にも煽られ、フィオナは息を乱れさせ、シーツの上で腰をくねらせた。

そんなフィオナに、アルバートが心配そうに言葉をかける。

「フィオナ……途中で気分が悪くなったらやめるから言いなさい」

「え……?」

快感に溺れかけていたフィオナは、なんのことか解らなくてぼうっと男を見上げる。

「妊娠しているのだろう」

「そういえば、どうして……?」

警察署で話している時、アルバートがフィオナの妊娠を知っている口ぶりだったのに驚いた。まだ話していないのにと思っていると、アンナがうっかり口を滑らせたのだとアルバートは言った。フィオナを迎えに、スチュアート家に通っている時のことらしい。

「妊娠しているなら、本当はあまりしないほうがいいのだろうが……」

アルバートが苦しげな顔をして、言葉を濁す。駄目だと思うのに、自制がきかないほどフィオナを求めてくれているのだろう。それは自分も同じ気持ちだった。

フィオナは腕を伸ばし、アルバートの首に抱きついて言った。

「やめないで。私もアルバートに抱かれたい」

それに対する返事のように強く抱き返され、吸い寄せられるように唇を重ねた。

いつもよりゆっくりとした、優しい愛撫だった。まるで慈しむような触れ方に、徐々にフィオナの息が上がっていく。強引にではなく、じわじわと快楽を引き出される感覚に身をよじってシーツに爪を立てた。

やんわりと乳房を揉みしだく手や、労わるような口での愛撫がじれったい。恥部に触れた舌は、まるでじっくりと味わうように襞を舐め回し、中心の肉芽を吸い上げ甘噛みする。侵入してきた指は、中に入ったままあまり動かず、まったりと内壁を撫で回しているだけ。たまにゆっくりと出し入れされ、蜜口を焦らすようにこすり上げる。

それがたまらなく気持ち良かった。じりじりと追いつめるような快感は、散ることなく蓄積《ちくせき》してフィオナを悶えさせた。

「あぁ……いやぁっ、もうっ」

こみ上げる快感は緩やかで、気持ち良いのだけれど、昇りつめることができなくて苦しい。体の奥に解放されない熱が溜まってくる。それが肌をじわじわと侵食し、どこに触れられても感じてしまう。

それなのに体はいけなくて、甘い疼きばかりを生んでフィオナを優しく苛む。奪われるような交わりに慣れた体に、これはこれで酷だった。

慈しむように嬲られた恥部は、蜜でしとどに濡れて痺れている。足はがくがくと震えが止まらず、きっともう一人で起き上がることもできないだろう。

緩慢《かんまん》な愛撫なのに、ここまで感じさせられてフィオナは戸惑っていた。

「も、だめぇ……アルバートっ」

もどかしさに涙ぐんで、男に助けを求める。自分でもおかしいぐらいに感じてしまっていて、頭が変になってしまいそうだった。

「苦しそうだな。でも、激しくはできないだろう」

そう返す男が意地悪にしか思えなかった。もしかしたら、本当にわざと優しくされているのかもしれない。

そんな疑惑に、涙目で男を睨み上げる。すると足の間から顔を上げた男が、意地の悪い笑みを浮かべた。

「そんな可愛い顔をしても駄目だ。これからは優しく、たくさん愛してあげるから、覚悟するんだな」

甘くて残酷な脅しに、フィオナは涙ぐむ。酷いと思うのに、大切にされるのは嬉しくて、その脅しに体ははしたなく感じてしまう。

蜜口が卑猥にひくつき、飲みこんだ男の指をきつくしめ上げる。もうそれだけで、悶えたくなるほどの快感が生まれる。なのにいけなくて、フィオナはしゃくり上げた。

「アルバート……ッ」

懇願するように男の名を呼び涙を零すと、目尻に口付けられる。それと同時に、ゆっくりと男の指が抜けていき、その喪失感に蜜口が物欲しげに震えた。

「そろそろ、いいだろう。これだけ柔らかくなっていれば」

アルバートの艶めいた声が、快楽で意識がぼんやりしているフィオナに甘く響く。早く満たしてほしいと、頭はそれしか考えられなくなっていた。

寄せられる男の腰に、誘うように足を自ら開く。膝を抱え、蜜で濡れ蕩けきったその入り口を男に見せつける。

「お願い、入れて……あぁぁッ」

押し当てられた硬い欲望が、蜜口を押し広げて入ってくる。その感覚に、甘ったるい溜め息が漏れた。

「んっ……はぁ、あぁ……っ」

ゆっくりと侵入してきたそれは、ひくつく中を奥まで満たしてぴたりと止まった。様子をうかがうように、アルバートはフィオナの顔をじっと見下ろしている。

動いてほしくて、フィオナは軽く腰を揺らす。男の欲望を飲みこんだ蜜口が擦れる感触に、背筋が震えた。

「はぁ、アルバート……大丈夫だからっ」

男の腕に手を絡みつかせ、濡れた目で見上げて誘う。けれど男は、小さく笑ってフィオナの頬を撫でただけで動かなかった。

「もう少し、こうしていようか。フィオナの体が慣れるまで」

「いやぁ、そんなの……だめぇっ」

優しいのに、どうしてそんなに虐めるのだろう。もう耐えられなくて、涙をぽろぽろ零しながら男の腕に爪を立てた。でも、感じすぎている体は力が入らなくて、じゃれているだけになってしまう。

そのうち、快楽に支配されたフィオナは男の下で腰を揺らし始めた。

「あっ、あん……あぁッ」

敏感になりすぎた体は、自分で動くだけでも気持ちが良くて声が漏れた。でも、やっぱり物足りなくて、フィオナは自らの手を下へ伸ばした。

「ふぁ……あぁっ」

初めて、自分の恥部に触れた。いつもアルバートがしてくれるように、感じる場所を探して襞をかき乱す。そして見つけた肉芽を、指先で押し潰し欲望のままに愛撫した。

それが自慰だということも解らず。また、その姿を男が舌なめずりして堪能していることにも気付かずに、フィオナは自らの手で乱れた。

「あん、あぁ……あぁぁッ」

「フィオナ、気持ち良いかい？」

「んっ、いい……いいわ、でもだめぇっ」

吐息が触れるほどの距離で聞いてくるアルバートに、フィオナは甘ったれた声で訴える。

自分の指と腰の動きだけでは、やっぱり物足りない。むずかるように鼻を鳴らすと、やっと男が動く。

「あぁンッ、あぁアルバートっ……」

「フィオナ、可愛い。やっぱり、もう我慢できないな」

そう漏らしてフィオナの唇を塞ぐと、ゆっくり腰を揺らし始めた。

緩慢な動きで激しさはなかった。フィオナの体を気遣うように繰り返される抜き差しは、まるで揺り籠に揺られているようで安心感がある。背中に腕を回し体を密着させると、お互いの体温でその心地よさはさらに大きくなった。

悶えるような快楽だけではない安らぎに、心も体も満たされる。上りつめられなくても、ずっとこうしていられればいいと思った。

けれど、甘い疼きはゆっくりと優しく折り重なりフィオナを高みへと誘う。高揚した体は、男の欲望で突き上げられるたびに達して、もっと大きな快楽の波を作っていく。緩慢だったと思っていたアルバートの動きも激しくなり、フィオナはあられもなく声を上げて乱れた。

「あっ、あぁ……ッ、いやぁ。だめぇッ」

愛されているという安心感のせいなのか、いつもより快感が強い。頭がくらくらするほどの甘い感覚に飲みこまれていくのが怖くて、アルバートの背中にしがみ付いた。

下から突き上げてくる熱に、フィオナの中で解放されずに蓄積されたあまやかな欲望が溢れた。

「あぁッ……！」

のけ反る背中を抱きしめられ、かすれた声が耳元でした。

「フィオナ、愛してる」

その告白に言葉を返そうと唇を開くが、漏れたのは濡れた吐息と喘ぎ声だけ。フィオナの意識は、甘ったるい幸福感に包まれてゆっくりと遠のいていった。

エピローグ　復讐者は花嫁に誓う

「とても綺麗ですわ、お嬢様」

「ありがとう」

花嫁控室の姿見の前に立ったフィオナを、アンナが褒め称える。その目には涙まで浮かんでいた。

姿見に映ったフィオナは、エンパイアラインのウエディングドレスを着ていた。胸の下で切り替えられ、薄いシルクが何重にも重なったスカートの裾には、銀糸で編まれた豪奢なレースが付いている。胸下に付いた飾りリボンは、膨らみ始めた下腹部を目立たせないためのデザインだった。

今日はアルバートとフィオナの結婚式だ。アルバートの冤罪事件が解決してから、大急ぎで決まった挙式だった。急いだ理由は、フィオナの妊娠だ。

結婚前に妊娠するというのは世間体が悪い。変な噂も立てられやすいということで、お腹が大きくなる前に、早急に式を挙げることになった。あとは早産《そうざん》で生まれたということにすれば、どうにか体面は保たれるだろうということだった。

フィオナがそっと腹に触れると、着付けを手伝っていたメイドが一人掛けのソファを持ってきてくれた。そこに腰かけてほっと一息ついたところで、ドレスと同じレースがあしらわれたベールを頭に載せられる。

「まるで女神様のようですよ」

「アンナ……それは褒めすぎだわ」

あまりの絶賛に、さすがに恥ずかしくなってきてアンナを窘《たしな》める。だが、彼女は首を振って引き下がらなかった。

「そんなことはありません。これは正当な評価です。お嬢様は美しいのです」

そこまできっぱり言われると、もうなにも言えなかった。フィオナは苦笑いを漏らす。

それとは対照的に、アンナは感極まったのか目尻に浮かんだ涙をハンカチで拭っている。

「お嬢様に、素敵な花嫁衣裳を着せ、幸せな結婚をしてもらうことが私の夢でした。それがこうして叶う時がきて、私は本当に幸せです」

なんだか大げさだなと思っていると、それまで穏やかだったアンナの表情が、なにかを思い出したように急に険しくなる。

「ですが、やっぱり相手があの男かと思うと……っ」

「アンナ……アルバートは悪い人間じゃないわ」

フィオナを愛人にし、あまつさえメイドの仕事までさせた挙句に妊娠させたことを、彼女はかなり根に持っていた。アンナの気持ちも解らないわけではないので、フィオナは小さく嘆息する。

「お嬢様は甘いです。今からそれでは、あの男をつけあがらせてしまいますよ！　あんな男を甘やかしてはいけません！」

「そうね……でも、難しいわ」

「そうですね。お優しいお嬢様には難しいことでした。でもご安心ください。私が代わりにあの男をきっちり締め上げてさしあげます」

「……そう。あまり無理をしないでね」

返答に困り、フィオナは適当に相槌《あいづち》を返す。これからアルバートのもとに嫁ぐフィオナに、アンナは侍女としてついていくことになっていた。

あのまま実家の仕事を手伝ったらいいと言ったのだが、侍女にしてほしいと本人から懇願されてフィオナが折れた。それをアルバートも了承した。男は嫌々ながらではあったが、アンナ以上にフィオナのことを支えられる侍女はいないからと言った。

また、アンナが恩人であるアランの娘だったこともあり、彼女に対してあまり強く出られないらしい。

アルバートとアンナの関係については、ちょっと先が思いやられるものがあった。けれど、これから始まる新生活に、アンナがいてくれるのはとても心強い。それに愛するアルバートも、フィオナの傍にいてくれる。

二人の関係はともかく、フィオナにとってこの結婚はとても幸福なことだった。

子供も生まれたら、きっと賑やかになるだろう。ついこの間までは、アンナ以外に味方のいない療養所で、父にも会えず寂しく過ごしていたのが嘘のようだ。

フィオナは膨らみかけの下腹部を撫でながら、そっと口元に笑みを浮かべる。

絶対に実らない恋だと思っていた。どんなに尽くしてもフィオナの自己満足でしかなく、愛する人には恨まれているだろうと絶望した。療養所の白いなにもない部屋で、自分の未来は暗いものだと、もう普通の女性としての幸せは望めないとあきらめていた。

それなのに今、フィオナは望んでいたものを手にしている。不思議な気持ちだった。

恋をするなんて愚かだと、そう思っていた過去の自分がおかしかった。恋に恋する同年代の少女を馬鹿にもしていたのに、自分の将来をなげうつような愚行を犯したのはフィオナだったのだから。

ただ、この花嫁姿を父に見せてあげられなかったことを思うと、少しだけ胸が切なく痛んで目が潤んだ。フィオナは涙が零れてしまわないように、そっと上を向いて目を閉じた。

その時、控室のドアがノックされる。入ってきたのは、手に白薔薇の花束を持ったアルバートだった。

「ちょっといいか。フィオナと二人で話したいので、他の者は出ていってくれ」

それを聞いて、着付けを手伝っていたメイドたちはそそくさと部屋から出ていく。アンナも悔しそうな表情でアルバートを睨みつつも、大人しく席を外してくれた。

「どうしたの、アルバート？」

ソファに座ったフィオナに、男が歩み寄ってきた。その手袋をしていない手をよく見ると、細かな傷がたくさんできていた。

「どうしたの、それ？　怪我をしているわ」

挙式の前だというのに、なにがあったのか。心配になって椅子から立ち上がりかけると、大丈夫だからと押しとどめられる。

「協会の庭で薔薇を摘ませてもらっている間に、棘にちょっと引っかけただけだ」

白薔薇は、まだ摘みたてなのか朝露《あさつゆ》が付いていた。花嫁のブーケは、教会に咲く花を貰うことが多い。この白薔薇もそのために摘まれたのだろう。

しかも茎《くき》についた棘も、アルバート自ら処理したと言う。慣れないことをしたので、少し怪我をしてしまったが、遠目には解らないだろうと男は笑った。

「使用人に頼めばいいのに。どうして、こんなこと……」

「いや、自分で摘んで持ってきたかったんだ」

そう言うと、アルバートはすっと体を屈めてフィオナの前に跪いた。

「アルバート？」

「正式なプロポーズをしていなかっただろう。式を挙げる前にきちんと言っておきたかったんだ」

それで薔薇を摘んできてくれたらしい。フィオナの胸が甘くときめいた。

すると跪いたアルバートが、フィオナの手をとりその甲にそっと口付けた。

その姿が、過去の記憶と重なる。伯爵家の裏庭のテラスで、フィオナがアルバートに恋に落ちた瞬間だった。

「フィオナ、私は君に一生を捧げる。生きている限り、君の傍にいると誓う。だからもう、自分の人生を犠牲にしないでほしい」

驚きに、しばらく言葉もでなかった。胸が甘く震えていた。

「覚えていたの……」

「いや、この間やっと思い出したんだ。でも……あの時から、私は君に惹かれていた」

心臓がとくんと甘く鼓動した。恋に落ちる音だ。

フィオナはまた、アルバートに恋をした。初めては自分を犠牲にしてしまう愚かな恋。

でも、今度は違う結末になるだろう。

「フィオナ、返事は？」

差し出された白薔薇の花束を受け取ると、フィオナはそこから一輪だけ抜き取って、アルバートの胸ポケットに刺してあげた。

「ありがとう。でもね、私の人生はなにも犠牲になんてなっていないわ」

だって、こうしてアルバートと結ばれたのだから。

そう続けたかったが、近付いてきた男の顔に思わず目を閉じると、開きかけた唇を塞がれてしまった。合わさる唇の熱さを感じながら、フィオナはこれから幸福な恋がずっと続いていくことを予感していた。

あとがき

初めまして、青砥《あおと》あかです。本書をお手にとっていただき、ありがとうございます。

少しでも楽しんでもらえたら幸いです。


いつもは電子書籍で現代物を書いていまして、こういったヒストリカルっぽいお話を書くのは初めてです。こんな私に、ティアラ様はよくお仕事の依頼をしたものだなと、驚きましたが、初めての打ち合わせをしているうちに、書けば書けるかなという気になってきて本作品ができあがりました。

実際に書き始めたら、初めてのことばかりで、この表現はどうしたらいいのかとか、この単語は日本ならOKだけど、ここ外国だから駄目じゃん！　など、色々と手こずりました。でも、とても良い経験になったと思います。

ちなみに舞台設定は英国のヴィクトリア朝の後期あたりをモデルにした架空《かくう》の国の物語です。なので、私の勝手な設定上等で物語を進めているので、法律や歴史、地理などその辺はヴィクトリア朝には全く則《そく》しておりません。参考にした部分もありますが、あくまで雰囲気だけの内容です。

もっと色々と勉強して、しっかりした世界観で、乙女の夢を詰め込んだようなお話を書けるようになりたいと、今回の作品で痛感いたしました。また、ドレスやお屋敷の描写など、現代物ではなかなか書けないものを書ける楽しみも発見しました。

このような拙作《せっさく》ですが、どうぞよろしくお願いいたします。


最後になりましたが、このお話は本来であれば去年の末か、今年の初め頃に原稿を上げる予定でした。それが年末に私の突発的な病気、年始に結婚することが決まり、それから引っ越しと立て続けに起こり、予定をどんどん後ろにずらしてもらうことになってしまいました。

その際、担当様には大変ご迷惑をおかけし、恐縮しております。快く予定をずらしてくれたにもかかわらず、最初の〆切に間に合わなかったりと、最初から駄目な作者ぶりを披《ひ》露《ろう》してしまい反省しています。

こんな私に、最後まで怒らずにお付き合いいただき、本当にありがとうございます。

また、現段階ではまだ見せてもらっていないのですが、イラストレーターの花岡美莉《はなおかみり》様によるイラストがつくのをとても楽しみにしています。フィオナとアルバートが、どんな絵になって上がってくるのか、とても待ち遠しいです！

身《み》分《ぶん》逆《ぎゃく》転《てん》

ティアラ文庫をお買いあげいただき、ありがとうございます。
この作品を読んでのご意見・ご感想をお待ちしております。

✦ ファンレターの宛先 ✦

〒102-0072　東京都千代田区飯田橋3-3-1
プランタン出版　ティアラ文庫編集部気付
青砥あか先生係／花岡美莉先生係

ティアラ文庫WEBサイト
http://www.tiarabunko.jp/

著者——青砥あか（あおと　あか）
挿絵——花岡美莉（はなおか　みり）
発行——プランタン出版
発売——フランス書院
〒102-0072　東京都千代田区飯田橋3-3-1
電話（営業）03-5226-5744
（編集）03-5226-5742
印刷——誠宏印刷
製本——若林製本工場

ISBN978-4-8296-6664-7 C0193

蜜恋全寮制学園
図書室でキスされた同級生は王子様！
柚原テイル
Illustration Ciel
ツンデレ×ツンデレ
ラブコメ
王子様が正体を隠して入学したという噂でもちきりの学園。
私にHを迫ってきた、あの人がまさか——!?

ティアラ文庫

Tia6631

♥ 好評発売中! ♥

原稿大募集

ティアラ文庫では、乙女のためのエンターテイメント小説を募集しております。
優秀な作品は当社より文庫として刊行いたします。
また、将来性のある方には編集者が担当につき、デビューまでご指導します。

募集作品

H描写のある乙女向けのオリジナル小説（二次創作は不可）。
商業誌未発表であれば同人誌・インターネット等で発表済みの作品でも結構です。

応募資格

年齢・性別は問いません。アマチュアの方はもちろん、
他誌掲載経験者やシナリオ経験者などプロも歓迎。
（応募の秘密は厳守いたします）

応募規定

☆枚数は400字詰め原稿用紙換算200枚～400枚
☆タイトル・氏名（ペンネーム）・郵便番号・住所・年齢・職業・電話番号・
　メールアドレスを明記した別紙を添付してください。
　また他の商業メディアで小説・シナリオ等の経験がある方は、
　手がけた作品を明記してください。
☆400～800字程度のあらすじを書いた別紙を添付してください。
☆必ず印刷したものをお送りください。
　CD-Rなどデータのみの投稿はお断りいたします。

注意事項

☆原稿は返却いたしません。あらかじめご了承ください。
☆応募方法は郵送に限ります。
☆採用された方のみ担当者よりご連絡いたします。

原稿送り先

〒102-0072　東京都千代田区飯田橋3-3-1
プランタン出版「ティアラ文庫・作品募集」係

お問い合わせ先

03-5226-5742　　プランタン出版編集部